6218

Amor en secreto

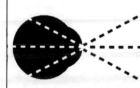

This Large Print Book carries the
Seal of Approval of N.A.V.H.

Amor en secreto

Helen Bianchin

Thorndike Press • Waterville, Maine

Published in 2005 by arrangement with Harlequin Books S.A.
Publicado en 2005 en cooperación con Harlequin Books S.A.

Thorndike Press® Large Print Spanish.
Thorndike Press® La Impresión grande española.

The tree indicium is a trademark of Thorndike Press.
El símbolo del árbol es una marca registrada de Thorndike Press.

The text of this Large Print edition is unabridged.
El texto de ésta edición de La Impresión Grande está inabreviado.

Other aspects of the book may vary from the original edition.
Otros aspectos de éste libro podrían variar de la edición original.

Set in 16 pt. Plantin.
Impreso en 16 pt. Plantin.

Printed in the United States on permanent paper.
Impreso en los Estados Unidos en papel permanente.

Library of Congress Cataloging-in-Publication Data

Bianchin, Helen.
    [Passionate surrender. Spanish]
    Amor en secreto / by Helen Bianchin.
        p. cm.
    ISBN 0-7862-7516-2 (lg. print : lic : alk. paper)
    1. Large type books.   I. Title.
  PR6052.I17P3718 2005
    823′.914—dc22   2005002498

Amor en secreto

Capítulo uno

DEMONIOS!

Dimitriades profirió el juramento con suavidad, a pesar de la irritación que sentía, y dejó caer un fax sobre su escritorio.

Era la información detallada de los movimientos de su mujer durante los últimos nueve días. No había nada sorprendente, excepto un detalle que le hizo sospechar. Reflexionó unos segundos con los ojos entrecerrados y, rápidamente, como por un acto reflejo, tomó su teléfono móvil y marcó un número.

—Quiero hablar con Marc Andreas —dijo secamente en cuanto la recepcionista contestó, al otro lado de la línea.

—Lo siento, pero en estos momentos está con un paciente.

—Es urgente —contestó sin ningún reparo, y se identificó.

Unos instantes más tarde obtuvo la confirmación oficial y su expresión se endureció. Presionó el botón del interfono que había en su mesa.

Dio instrucciones claras y concisas, y su

plan se puso en marcha. Después se levantó de la silla y cruzó el despacho hasta la ventana.

Observó el espléndido panorama que le ofrecían la bahía y la ciudad. El cielo estaba muy azul y el sol hacía centellear los rascacielos de acero y cristal. Entre los árboles y arbustos había mansiones de dos y tres pisos construidas sobre la ladera de la colina que bajaba hasta el mar. Cientos de yates de recreo encontraban refugio en las numerosas calas y ensenadas que había salpicadas por toda la costa. Enfrente, el arco del puente de Sidney y el edificio de la Ópera, con su particular arquitectura.

La vista era maravillosa y sin embargo aquel día ni siquiera le prestaba atención. Tampoco se fijaba en los preciosos muebles de su despacho, ni en las obras de arte que adornaban las paredes.

No había ninguna emoción que alterase la expresión de sus rasgos marcados y de su mirada. Estaba absorto en sus pensamientos, recordando algunos de los acontecimientos que se habían producido en su vida.

Su breve matrimonio con Emma, su amor desde la niñez, había terminado trágicamente con la muerte de su esposa en un accidente de tráfico. Totalmente devastado por el dolor de aquella pérdida, se había dedicado por completo al trabajo y había alcanzado un éxito fabuloso en los negocios.

Volverse a casar no había estado dentro de sus planes. Había amado y perdido y no quería pasar por ello otra vez. Durante los últimos diez años, había tenido algunas relaciones sin compromisos, sin promesas.

Hasta que conoció a Ana.

Era la hija de uno de sus ejecutivos y había acompañado a su padre en varias ocasiones a eventos sociales. Tenía veinticinco años y era atractiva, inteligente y con un agudo sentido del humor. Y lo más importante, su estatus social y toda su riqueza no la afectaban ni le producían temor.

Habían salido juntos algunos meses y disfrutaban el uno del otro en el dormitorio, y por primera vez desde la muerte de Emma tuvo conciencia de su propia vida, de todo lo que había acumulado... Sintió la necesidad de compartirlo todo con una mujer y de tener hijos con ella, construir un futuro juntos.

Nadie podía asumir aquel papel mejor que Ana. A él le importaba y era la adecuada en todos los sentidos.

La boda había sido discreta y sencilla, y después habían disfrutado de unas semanas de luna de miel en Hawai. Al volver a casa, se habían adaptado fácilmente a la vida en común.

La única nube en el horizonte desde hacía un año era Celine Moore, una ex amante que acababa de divorciarse y había fijado su objetivo en él. Estaba empeñada en causar problemas.

Luc apretó los labios mientras recordaba las veces que Celine le había puesto, con toda la intención, en una situación comprometida. Él se las había arreglado para salir de aquellos incidentes con diplomacia, y advirtiéndole que desistiera, algo que Celine no estaba dispuesta a hacer. Aquello se había convertido en un problema que Ana no podía pasar por alto.

Hacía menos de dos semanas que Luc y ella habían tenido una fuerte discusión en el desayuno que no se había resuelto, y cuando él llegó a casa por la noche, descubrió que Ana había hecho la maleta y había tomado un vuelo hacia Gold Coast. Le había dejado una nota en la que decía que necesitaba marcharse unos días para pensar las cosas detenidamente.

Pero ya habían transcurrido nueve días y Ana no había contestado a sus llamadas. Su padre juró que tampoco a él lo llamaba, y tenía el mejor de los motivos para no mentirle. Y Rebekah, su hermana pequeña y su socia en la floristería que regentaban, negó que supiera dónde estaba. Solo pudo facili-

tarle el nombre de un hotel, donde le dijero.
que Ana se había marchado a los pocos días
de haberse registrado.

En aquel momento, Luc ya no tuvo ninguna duda y contrató a un detective privado,
que le acababa de entregar la información
sobre los últimos nueve días en la vida de
su esposa. Aquel fax confirmaba todas las
sospechas de Luc: había alquilado un apartamento y había encontrado un trabajo, lo cual
significaba que no tenía intención de volver.

Sin embargo, él sabía cómo enfrentarse a
aquello. Tenía la intención de traerla de vuelta
y se dijo que debería haberlo hecho a los dos
días de que se fuera en vez de dejarla tanto
espacio y tiempo como ella había dicho que
necesitaba. Aun así, Ana había intentado no
dejar pistas para que no la encontrase, pero no
había tenido éxito. ¿Acaso pensaba que su intento de separación iba a durar más tiempo?

El sonido del interfono de su despacho lo
sacó de sus pensamientos.

—El piloto está preparado, y su coche lo
espera en la puerta. Petros lo tendrá todo
preparado para cuando llegue a casa.

—Gracias.

Una hora más tarde, Luc estaba a bordo
de su avión privado. Se hundió en uno de los
lujosos asientos y se preparó para el despe-
gue.

11

uedes irte a comer.

terminó de atar un lazo con habili-
izó los bordes con las tijeras y puso el
ramo de rosas que acababa de hacer a un
lado del mostrador.

Aquel era su tercer día como ayudante en
una floristería en un lujoso barrio de Main
Beach. Había entrado en la tienda a comprar
flores para alegrar su nuevo apartamento, y
había notado que la dueña estaba agobiada
por el trabajo. Así pues, se ofreció a ayudarla
y le explicó que tenía experiencia en una floristería, aunque no mencionó el hecho que
poseía una en Sidney. Parecía increíble, pero
había llegado al lugar preciso en el momento
preciso, y había encontrado trabajo de la
manera más simple.

Parecía que el destino había sido generoso
con ella, aunque sabía que finalmente tendría que enfrentarse con lo que había dejado
en Sidney: su matrimonio.

Sonrió mientras se echaba el bolso al
hombro y empezaba a andar por la acera.
Era un precioso día de comienzo de verano, el sol calentaba suavemente y corría una
brisa deliciosa que venía del mar.

Como siempre, los cafés de Tedder Avenue
estaban abarrotados. Cruzó la calle, eligió
una mesa y se sentó. El servicio era muy
eficiente e inmediatamente le sirvieron una

botella de agua fría mientras esperaba la comida. Abrió una revista y se puso a hojearla. Empezó a leer un artículo que le llamó la atención y solo dejó la lectura cuando le llevaron el plato de humeante arroz con verduras y el pan que había pedido. Tomó el tenedor y empezó a comer.

La charla de los demás clientes se confundía en un murmullo agradable que se mezclaba con el suave sonido de los motores de los coches en busca de un sitio para aparcar. La calle estaba llena de vehículos lujosos y de gente rica que paseaba o buscaba sitio en las terrazas de los cafés y restaurantes, donde era más importante ser visto que comer con los amigos.

A Ana, no obstante, le gustaba ser parte de aquel ambiente. Notaba que había gran similitud con las zonas de moda de Sidney. Le resultaba muy fácil olvidarse de la nostalgia que sentía por la ciudad donde había nacido y crecido, pero no tan fácil olvidarse del hombre con el que se había casado hacía poco más de un año.

Luc Dimitriades tenía la altura, la anchura de hombros y el atractivo necesarios para volver loca a una mujer. Si se le añadían el encanto de la sofisticación y el aura de poder, el resultado era demoledor.

Sus padres eran griegos, pero él había nacido en Australia, y después de terminar sus estudios en la universidad, se había especializado en el campo de la banca mercantil. Su carrera había avanzado de manera tan fulgurante que en pocos años había llegado a un puesto directivo.

Había heredado una fortuna y la había manejado con una habilidad innata para los negocios, de manera que había llegado a ser uno de los hombres más ricos y famosos del país.

Ana se había sentido atraída por él la primera vez que lo había visto. Había sentido algo como un cataclismo, una poderosa química sexual que se había convertido en mucho más que eso. La afectaba de una manera como nadie antes lo había hecho y se había enamorado profunda e irremediablemente de él.

Por eso había aceptado su proposición de matrimonio. Se había convencido a sí misma de que sería suficiente para ella con que le prometiera guardarle fidelidad y honrarla y cuidarla durante toda la vida. Quizá, después de un tiempo, su afecto se convertiría en amor. Después de un año de casada, estaba contenta. Su marido era un hombre atento, su vida sexual completamente satisfactoria y la rutina transcurría plácidamente.

Hasta que la tentadora Celine había vuelto a escena. La recién divorciada estaba de caza y Luc era su presa.

Había maquinado una sutil forma de destruir la confianza de Ana. Era muy lista y solo lanzaba pullas cuando Luc no estaba cerca. Sus comentarios envenenados llevaban implícita la sugerencia de que tenía una aventura con él, y mencionaba horas en las que Luc estaba ausente de casa o cuando tenía una cena de negocios con otros colegas. Eran meras excusas que usaba para estar con Celine.

La duda y la sospecha, junto con la ira y los celos habían atormentado a Ana durante semanas.

Incluso en aquel momento, al pensar en Celine se ponía tensa. A pesar de que su marido lo había negado todo, estaba segura de que aquellos comentarios tenían una base. Y la infidelidad era algo que ella no estaba dispuesta a perdonar.

Los reproches les habían llevado a una tener una discusión grave. Después, Ana había hecho algunas llamadas telefónicas, había hecho la maleta y había tomado el primer avión hacia Gold Coast.

Aparte de la nota que le había dejado, su único intento de contactar con él posteriormente había sido un mensaje que le había dejado en el contestador, y dudaba que eso lo aplacase durante mucho tiempo.

—Ana.

Reconoció aquella voz al instante. Era profunda y burlona, con un ligerísimo matiz de cinismo. Su sexto sentido no la había advertido de su presencia allí. Fue algo totalmente inesperado.

Ana levantó lentamente la cabeza y se encontró con su marido, que la miraba fijamente. A su pesar, el corazón le dio un vuelco, pero consiguió disimular su reacción, totalmente consciente del efecto que él tenía sobre sus sentidos. Se sentía vulnerable y desprotegida, y de algún modo lo necesitaba desesperadamente. Pero aquellos no eran sentimientos que pudiese permitirse, y mucho menos cuando tenía que pensar con la cabeza y no con el corazón.

Sin embargo, sabía que no tenía ninguna oportunidad. A los pocos segundos de que él hubiera pronunciado su nombre, Ana era incapaz de controlar sus emociones. ¿Cómo era posible amar y odiar a alguien en la misma medida?

Podía justificar aquello de varias maneras... Era posible tener sentimientos ambivalentes hacia alguien, o tener las hormonas fuera de control. Deseaba hacerlo sufrir igual que ella sufría. ¿Por qué, entonces, tenía la necesidad imperiosa de correr a sus brazos y sentir el roce de sus labios sobre la piel? El calor de su cuerpo...

Un grito silencioso le salió de lo más dentro de su ser. «No te aventures por ese camino».

En vez de eso, sometió a un examen minucioso el rostro de Luc, deteniéndose deliberadamente en la estructura del rostro y en su mirada penetrante, y recorriendo con los ojos su boca seductora.

Tenía el pelo negro y brillante, y lo llevaba un poco largo pero perfectamente peinado. Vestía un traje impecable, una camisa azul oscuro y una corbata de seda, e irradiaba poder en estado puro.

Era alto, moreno y peligroso, pensó ella. Bajo la apariencia controlada, había un carácter implacable.

—¿Te importa que me siente?

—¿Y qué pasa si digo que no?

Esbozó una sonrisa y se preguntó si ella se imaginaba lo fácil que le resultaba leer sus pensamientos.

—Voy a sentarme de todas formas.

—Entonces, ¿por qué preguntas?

Luc se sentó en la silla de enfrente y pidió un café solo. Después, fijó toda su atención en su mujer.

Estaba pálida y había perdido algún que otro kilo. Tenía ojeras, como si no hubiera dormido bien, y los ojos oscuros de fatiga. Llevaba el pelo recogido en una coleta.

Su mirada escrutadora la molestó insoportablemente.

—¿Has terminado? —le preguntó con voz tensa.

Tenía la elegancia graciosa de un felino que esperaba relajadamente a su presa, pero aquella apariencia no la engañaba en absoluto. No había ninguna duda de que se abalanzaría sobre ella, solo era una cuestión de tiempo.

—No —contestó Luc mientras ella apartaba el plato de arroz que se estaba tomando.

—Come —le dijo él suavemente, y ella le lanzó una mirada torva.

—He perdido el apetito.

—Pide otra cosa.

Ana estuvo a punto de arrojarle algo a la cara, pero resistió la tentación.

—¿Te importaría decirme cómo me has encontrado?

Continuó mirándola fijamente, con sus ojos fríos y profundos.

—Me parece bastante evidente.

—Has contratado un detective privado —elevó la voz ligeramente—. ¿Has hecho que me siguieran?

—¿No se te ocurrió que lo haría?

Ella lo había estado notando durante los

últimos días. Era una sensación que había invadido su sueño y le había alterado los nervios.

El camarero llevó el café y Luc pidió la cuenta.

—Yo pago mi comida.

—No seas ridícula.

Ella miró la hora.

—¿Qué es lo que quieres, Luc? Te sugiero que dejes la persecución. Tengo que volver al trabajo en diez minutos.

Luc tomó un azucarillo y lo echó en el café.

—No —contestó suavemente.

Ella sostuvo su mirada mientras le preguntaba:

—¿Qué significa «no»?

—Ya no tienes trabajo, y el contrato de alquiler de tu apartamento se ha terminado.

Ana se quedó sin respiración. Estaba tan consternada y furiosa, que sintió que le ardían las mejillas.

—No tienes derecho a...

—Sí —su tono de voz tenía una tranquilidad amenazadora—. Sí lo tengo.

—No, no lo tienes —reiteró ella con fiereza.

—Podemos discutir sobre esto tanto como quieras, pero el resultado siempre será el mismo.

19

—Si te crees que voy a volver a Sidney tigo, como si nada, ¡estás completamente confundido!

—Esta tarde, esta noche, mañana, no importa cuándo.

Ana se levantó de la silla, pero él la agarró por la muñeca para evitar que se marchara. Sin pensárselo dos veces, ella tomó el azucarero y se lo tiró encima, pero solo vio, con fascinación y temor, cómo él lo agarraba en el aire y lo devolvía a su sitio con asombrosa facilidad. Después, calmadamente, puso todos los azucarillos en el recipiente otra vez.

—Tengo intención de presentar una demanda de divorcio —Dios Santo, ¿de dónde se había sacado aquello? Hasta aquel momento solo había sido una idea que había considerado y descartado cien veces durante todas las noches de insomnio que había pasado desde que había salido de Sidney.

—No es factible.

Él continuaba agarrándola por la muñeca mientras el silencio se apoderaba de la situación y se hacía cada vez más significativo. Ella no pudo hacer otra cosa que obedecer cuando ejerció suficiente presión como para hacer que se sentara de nuevo.

—¿No tienes nada que decirme? —soltó Luc con una amabilidad engañosa, y atisbó su inseguridad antes de que ella pudiera disimular la expresión de su cara.

—Vete y déjame en paz. Es lo que tengo que decirte.

—Inténtalo de nuevo.

Ana sintió una punzada de ansiedad en el estómago, y reprimió el impulso de calmarlo con la mano. No era posible que él lo supiera. Sintió un sudor frío. Durante las últimas semanas, había estado entre la alegría y la desesperación por aquel secreto.

—Te facilitaré las cosas. Vas a tener un hijo mío.

—El niño también es mío —saltó, furiosa.

—Nuestro —la suavidad de su tono de voz hizo que un escalofrío le recorriera la espalda—. No estoy dispuesto a ser padre de fin de semana, y a tener el tiempo con mi hijo restringido.

—¿Por eso me has perseguido? ¿Porque de repente tengo algo que tú quieres? —la ira que sentía hizo que los ojos se le oscurecieran, pero en el fondo sintió ganas de llorar por el niño que había concebido, por ella misma, por desear el amor de un hombre que nunca la había querido—. Perdóname, pero prefiero ser madre soltera a criar a mi hijo en una casa donde su padre reparte el tiempo entre su esposa y su amante. ¿Cómo iba el niño a entender lo que son los valores, la moral y la integridad?

—¿Amante? ¿Me estás acusando de tener una aventura?

—Celine...

—Es alguien con quien tuve una relación pasajera hace cuatro años.

—Según ella, la relación continúa.

—¿Por qué necesitaría una amante si te tengo a ti?

Ana sintió que el rubor le encendía las mejillas al recordar su vida sexual, el profundo placer que compartían cada vez que hacían el amor.

—¿Por diversión? —sugirió despreocupadamente, y añadió—: ¿Porque eres insaciable y no tienes suficiente con una mujer?

La expresión de Luc se endureció y se hizo despiadada.

—No hagas que diga algo que después lamentaría.

—Vuelve a Sidney, Luc —era como una locomotora que no podía parar—. No hay nada que puedas decir ni hacer para que yo vaya contigo.

—¿No?

Percibió la dureza bajo la superficie de amabilidad.

—Según tengo entendido, no puedes obligarme a nada ante un tribunal.

Pero él tenía un as en la manga, y no tuvo ninguna duda a la hora de ponerlo sobre el tapete.

—Sin embargo, el desfalco sí sería algo que le importaría a un juez —hizo una pausa y observó los expresivos rasgos de Ana para intentar determinar si ella había tenido alguna noticia de lo que su padre había estado haciendo con el dinero de la empresa a lo largo de los últimos seis meses.

—¿Cómo dices?

Luc eligió las palabras con cuidado, sopesando el impacto que tendrían sobre ella.

—Los auditores de las cuentas del banco han encontrado algunas discrepancias.

—¿Y cómo puede eso ser de mi incumbencia? —preguntó ella, realmente confundida.

—Indirectamente, sí te incumbe.

Incluso un ingenuo podría deducir lo que implicaban aquellas palabras.

—¿Me estás diciendo que mi padre es el culpable? —le preguntó con incredulidad—. No te creo.

Él se metió la mano en el bolsillo y sacó un documento. Lo desdobló y se lo mostró.

—Es una copia del informe de los auditores.

Ana tomó el papel y lo leyó. Era definitivo y condenatorio, y tenía un anexo donde detallaba cada transacción fraudulenta. Desfalco y robo eran la misma cosa, un delito que se castigaba con la cárcel. Sintió frío.

Luc escrutó su expresión mientras leía la carta y analizó sus emociones. Sabía que ella le guardaría lealtad a su padre.

—Lo ha hecho de una forma muy inteligente —le explicó con un atisbo de cinismo. Tanto, que lo había conseguido dos veces consecutivas. Luc no estaba seguro de qué era lo que más le enfurecía, si la traición de uno de sus ejecutivos más valiosos, o el hecho de que William Stanford hubiera pensado que el matrimonio de su hija con el director evitaría que se entablasen acciones legales contra él.

—¿Desde cuándo lo sabes? —le preguntó Ana con miedo. Estaba desesperadamente preocupada por que sus peores sospechas se hiciesen realidad.

—Desde hace nueve días.

Exactamente cuando ella había escrito aquella nota diciéndole que se iba. ¿Pensaría él que lo sabía todo y por eso había tomado un vuelo hacia el norte del país? Los hombres como Luc siempre tenían un plan de reserva, sobre todo si se trataba de cuestiones personales. Y aquello era muy personal.

—¿Qué es lo que quieres, Luc?

—No quiero el divorcio. Quiero a nuestro niño —hizo una pequeñísima pausa—. Y a mi mujer de vuelta en casa, en mi cama.

—Vete al infierno.

Arqueó una ceja con expresión burlona.

—Hoy no, *agape mou.*

—¿Es que piensas que voy a aceptar todas tus condiciones mansamente?

—Mansedumbre no era la palabra en la que yo estaba pensando.

Dios Santo, él estaba disfrutando con aquello. Ana se levantó de nuevo, tomó su bolso y echó a andar en dirección a la floristería, consciente de que Luc caminaba a su lado.

—Voy a intentar explicarles a mi jefa y a mi casero que eres un miserable arrogante y presuntuoso y que no tienes ningún derecho a entrometerte en mi vida.

—Y tu padre irá a la cárcel.

Ana se tambaleó ligeramente y le dirigió una mirada que hubiera hecho temblar a cualquier otro.

—¿Eres tú quien dicta las reglas?

—Sí.

—¿Me estás dando a elegir entre divorciarme o no querellarte contra mi padre? —no tenía ninguna duda de que Luc consideraba aquello otra proposición de negocios más. Muy bien, ella haría lo mismo—. ¿Y qué pasará con la devolución del dinero?

—Me ocuparé de ello.

—¿Y su trabajo?

—Se ha terminado.

Ana se estaba muriendo de pena.

—¿Y sus referencias?

—Tengo el deber de desvelar lo que ha ocurrido.

Aquello haría imposible que su padre consiguiera trabajo en Sidney... ni en ninguna otra parte del país.

—Lo pensaré —le contestó Ana, intentando no prestar atención a la preocupación que estaba haciendo estragos en su sistema nervioso.

—Tienes una hora.

Ana cerró los ojos y los volvió a abrir, y dejó escapar el aire que inconscientemente había retenido durante unos segundos.

—¿Es que eres incansable cuando se trata de los negocios? —pregunta estúpida, pensó. Tenía reputación de ser uno de los negociadores más duros de la ciudad.

Cuando llegaron a la floristería, se volvió hacia él y lo miró con ira contenida.

—Tengo algunas condiciones —le dijo.

—No creo que estés en situación de poner condiciones.

¿Se haría una idea de hasta qué punto la hería? Sentía dolor físico con solo mirarlo, al recordar todas sus esperanzas y sus sueños, y al pensar cómo se habían hecho añicos.

—Quiero tu palabra de que no intentarás quitarme al niño cuando nazca.

Vio algo en sus ojos, una emoción que no se atrevió a analizar.

—Concedido.

—Y tu fidelidad.

—Te he sido fiel desde el primer día.

Lo miró con dureza y levantó una ceja a modo de pregunta.

—No, según Celine.

—Por supuesto, tú prefieres creerla a ella antes que a mí.

Ella hizo caso omiso de su cinismo.

—Hay algo más.

—¿Qué?

—Lo quiero todo por escrito y firmado por un notario antes de darte mi respuesta.

No miró hacia atrás cuando entró en la floristería.

—No te esperaba —le dijo la dueña de la tienda. La simpatía que había empezado a desarrollarse entre ellas había sido sustituida por una formalidad rígida. Ana maldijo mentalmente a Luc.

—Yo soy responsable de mis propias decisiones —le dijo con firmeza.

—No parece un hombre que acepte un no por respuesta.

—Puedo trabajar esta tarde, ¿te parece bien?

—Bueno, ya he avisado a la oficina de empleo. ¿No vas a regresar a Sidney con él?

—Posiblemente —Ana dejó su bolso en una silla y se puso a trabajar.

Intentó concentrarse, pero no lo consiguió por completo. Reflexionó sobre todas las posibilidades, pero ninguna era factible. ¿Dónde podría ir? Luc la encontraría.

Se estremeció. Si había contratado a un detective privado, era posible que todavía la estuviera observando. Aquel pensamiento le produjo un sentimiento de repulsión y la enfureció de nuevo.

Luc había jugado con habilidad. No le había dejado otra opción que aceptar, poniéndola ante un hecho consumado. Pero el juego no había hecho más que empezar, y ella iba a jugar según sus propias reglas.

Capítulo dos

NO sabía cuánto tiempo le llevaría a Luc consultar con un abogado y elaborar el documento que ella le había pedido, pero estaba segura de que con su influencia y sus contactos, no tendría ningún problema.

La tienda estaba llena de gente, y tuvieron varios encargos telefónicos. Rosas, ramos, flores especiales para una visita a un hospital... los pedidos fueron muy variados.

Ana estaba en medio de la tarea de envolver un gran ramo en papel celofán cuando el timbre de la puerta sonó por enésima vez. Automáticamente alzó la cabeza para saludar al nuevo cliente, y se encontró a Luc mirándola fijamente. Era evidente que estaba allí con un propósito, y Ana se puso muy nerviosa.

Dejó lo que estaba haciendo y sostuvo su mirada. Después intentó fijar de nuevo su atención en el ramo de claveles blancos que estaba confeccionando. Hizo un bonito lazo, le añadió una tarjeta y puso el ramo en el mostrador con los demás encargos.

—¿Has terminado? —le preguntó Luc con

suavidad mientras observaba un mechón de pelo rubio que se le había soltado a Ana de la coleta. Tuvo que hacer un esfuerzo para no colocárselo él mismo detrás de la oreja.

Ella lo miró fríamente.

—Termino a las seis.

El ambiente se cargó de repente, y él entrecerró los ojos con expresión de pocos amigos.

—Puedes salir antes.

—Estamos muy ocupadas —demonios, ella respondía tan amablemente que la situación casi era cómica. Fingió que miraba la hora—. Estoy segura de que te las arreglarás para encontrar algo que hacer durante unas horas.

Podría hacerlo fácilmente, pero no estaba dispuesto a ceder ante su manipulación.

—Tienes una hora, Ana —le advirtió en un tono de voz gélido.

—¿Estás loca? —le preguntó su jefa en cuanto Luc hubo salido de la tienda.

—De atar —confirmó Ana imperturbable.

—Y valiente, además. Admiro a las mujeres así.

Era tonta si pensaba que podría vencerlo, pero no iba a permitirle que dictara las reglas y esperara que ella iba a aceptarlas sin ninguna resistencia.

—Me da pena que te vayas. Estábamos empezando a llevarnos muy bien.

—Puede que vuelva —dijo Ana con sentido del humor, y oyó la carcajada que se le escapó a su jefa.

—Dudo mucho que él deje que te marches otra vez. Y ahora, ¿por qué no terminas y te vas? Puedo arreglármelas sola —y le guiñó un ojo, como una niña traviesa—. Además, no me parece mala idea que una mujer desafíe a un hombre, aunque solo sea un poco.

¿Marcharse y no estar allí cuando Luc volviera a buscarla?

—Es usted perversa.

—Buena suerte, cielo. Si vuelves por aquí, hazme una visita —sacó un sobre del bolsillo—. Tu sueldo.

—Quédeselo como compensación por no haberla avisado con tiempo suficiente.

—Otras personas harían eso, pero yo no. Ahora, vete.

Llegó al apartamento en cinco minutos, y fue directamente a la cocina. Tomó una botella de agua de la nevera, le quitó la tapa y bebió. Después se dirigió al dormitorio, se quitó la ropa y se metió en la ducha.

Cuando terminó, se puso unos vaqueros y una camiseta, y se hizo una coleta.

Supuso que hacer las maletas sería algo inteligente, pero aquello era el símbolo de su regreso a Sidney y por pura obstinación lo pospondría todo el tiempo que pudiera. Además, no le llevaría mucho meter la poca ropa que tenía en una bolsa.

Eran las cinco cuando sonó el timbre del portero automático, y a Ana se le hizo un nudo en el estómago. Tenía que ser Luc, porque nadie más sabía su dirección allí. Abrió la puerta del portal y esperó a que él subiera.

Cuando llamó a la puerta, Ana respiró hondo y abrió.

Luc casi ocupaba todo el umbral, oscuro y vagamente amenazador. Se había quitado la chaqueta y la tenía agarrada con el índice sobre el hombro. No llevaba corbata, se había desatado los primeros botones de la camisa y se había quitado los gemelos. Tenía un aire informal y una expresión deliberadamente enigmática.

Ana lo miró con indiferencia fingida e intentó no prestar atención a los latidos acelerados de su corazón.

—No me gusta que me traten como a un niño que se ha escapado y al que su padre está a punto de arrastrar a casa de nuevo.

Él ni siquiera movió un músculo.

—¿Qué te parece decirme «hola»?

Ella respiró hondo y soltó el aire lentamente.

—¿Quieres que sea amable?

Él la miró, arqueando una ceja con expresión burlona.

—¿Es que vamos a empezar otra vez?

Recorrió con los ojos su cuerpo esbelto y se fijó en sus ojos azules.

—Y que conste que mi relación contigo podría ser de todo menos paternal.

Su tono frío y burlesco hizo que renaciera la ira de Ana.

—Estás imponiendo tus propias reglas y pisoteando mi libertad de elección —le contestó. Él todavía estaba en la entrada.

—Te he dado una opción —la corrigió.

—Claro que me la has dado —lo miró fijamente—. ¡Pero yo solo podía responder de una manera!

Él entró y cerró la puerta.

—¿Es que te creías que iba a dejar que fuera de otro modo?

—Has dejado muy claro que lo principal de todo este asunto es el niño.

Observó cómo sacaba un sobre del bolsillo de la chaqueta.

—El documento legal que me pediste.

Aquel documento escueto exponía con toda claridad unas cláusulas que ella se resistía a aceptar, aunque no tuviera otro remedio. Además, había añadido algunos otros puntos que cubrían cualquier eventualidad.

—¿Y esperas que firme esto?

—El contrato fue idea tuya —tenía razón, pero aquello no hacía más sencillo para Ana firmarlo. Cuando lo hizo, él lo tomó y se lo guardó en el bolsillo de nuevo.

—¿Te apetece comer fuera, o pedir algo y comer aquí?

—¿Comer? Creía que estarías deseando volver a... —se interrumpió. Era incapaz de pronunciar la palabra «casa»—. A Sidney.

—Necesitas comer algo.

—Me conmueve que seas tan solícito.

—No seas graciosa.

Ana lo miró pensativamente y calibró el poder oculto que había bajo su apariencia fría, la sensualidad y toda la energía sexual que irradiaba.

Había invadido sus pensamientos de tal forma, que le resultaba una tortura imaginar su fuerte cuerpo, sus músculos y su piel, y recordar la manera en la que le hacía el amor. Para ella trascendía la mera sexualidad.

En sus brazos perdía la capacidad de raciocinio y se convertía en una descarada que solo quería experimentar, dar y recibir placer.

Entonces podía conformarse con aquel matrimonio en el que solo ella estaba enamorada; incluso podía aceptar que el corazón de Luc permaneciera atrapado en el recuerdo de Emma, su primera esposa. Tenía la esperanza de que con el tiempo el afecto que él sentía se transformaría en algo más profundo y lleno de significado.

Pero no había previsto la existencia de una amante.

Y además iban a tener un hijo...

Ana deseaba con toda su alma que su matrimonio sobreviviera, pero para ello necesitaba que hubiera confianza y sinceridad. Luc ya había dado su palabra de cumplir sus condiciones por escrito en un documento legal, pero ella no sabía si aquella garantía sería suficiente. Al fin y al cabo, solo eran palabras y una promesa podía romperse muy fácilmente.

—¿Has terminado?

La pregunta la devolvió a la realidad, y levantó la barbilla con expresión desafiante.

—No.

Nunca en su vida terminaría con él. El truco estaba en no dejarle que lo adivinase.

La miró con los ojos entrecerrados.

—¿Y cuánto vas a tardar en hacer las maletas?

Ana había llevado muy poca ropa y había comprado unos cuantos detalles para hacer más acogedor el apartamento que había alquilado. Aquellos objetos no tendrían sitio en la elegante mansión que Luc poseía en Vaucluse.

—Unos quince minutos —iba a mantener la calma, por el momento.

Sin decir una palabra más, se dirigió al dormitorio, puso la maleta sobre una silla y empezó a meter la ropa. Luc fue hacia la cocina y tomó la botella de agua fría de la nevera. Llenó un vaso y se lo bebió. Después sacó el móvil, marcó un número y le dio instrucciones al piloto para que estuviese preparado para despegar en cualquier momento. No había ninguna razón para postergar lo irremediable.

«No mires atrás», pensó Ana mientras acompañaba a Luc al coche. Él metió la maleta en el maletero y los dos entraron en el coche. Luc puso el motor en marcha y se dirigieron al restaurante que había elegido. Estaba en un hotel de cinco estrellas del centro, y la llamada que hizo para confirmar la reserva le indicó a Ana que lo había preparado con anterioridad.

Parecía que su apetito había desaparecido. Eligió un entrante ligero, tomó unos cuantos bocados del segundo plato y pidió fruta de postre.

—¿No tienes hambre?

—No —si le sugería que comiera más, iba a tirarle el plato en el regazo.

Luc pidió café y lo tomó con azúcar. Ana observó su mano mientras revolvía el café para que el azúcar se disolviese. Era morena y fuerte.

Sabía acariciarla y tenía la capacidad de volverla loca con el simple roce de los dedos, y se odió a sí misma por pensar en aquellas cosas y provocar que su corazón se acelerase.

Se sintió aliviada cuando él avisó a la camarera y pidió la cuenta.

Tres cuartos de hora más tarde estaban subiendo al jet privado que los llevaría de vuelta a Sidney.

Cuando despegaron, Ana observó el cielo. La luz del día se debilitaba a medida que atardecía y el sol se ocultaba en el horizonte y lo teñía de naranja y violeta. Se hizo de noche rápidamente, y muy pronto no se podía ver otra cosa que las luces que seguían la línea de la costa.

No intentó entablar conversación alguna. Simplemente se apoyó en el respaldo del asiento y cerró los ojos para no ver al hombre que tenía al lado.

Pero aquello no la salvó de sus caóticos pensamientos.

Su vuelta a Sidney significaba la vuelta al estilo de vida del que había querido escapar. Su padre, Rebekah, la floristería.

Y lo peor de todo, Celine Moore. Su enemiga.

Estar ausente durante más de una semana no había solucionado nada, los problemas continuaban. Casi soltó una carcajada. Lo irónico de la cuestión era que solo había conseguido un aplazamiento de la sentencia.

¿Quién ganaría? ¿La esposa o la amante?

Capítulo tres

BUENAS noches, señora Dimitriades. le devolvió el saludo a Petros y le dedicó una sonrisa débil mientras se dejaba caer en el asiento trasero del coche. Luc se sentó a su lado y Petros se puso en marcha. En pocos minutos, salieron de la zona de vuelos privados y se mezclaron con el tráfico de camino a casa. Llegarían en poco tiempo porque a aquella hora el tráfico era fluido. Ana se relajó y miró por la ventanilla.

Observó las luces brillantes, los rótulos de neón que se apagaban y encendían, y escuchó el ruido sordo de la ciudad. Era el lugar donde había nacido y crecido, y al recordarlo la invadió un sentimiento de familiaridad. De repente, empezó un chaparrón que hizo disminuir la visibilidad, y el interior del coche se hizo más evidente y reforzó la sensación de confinamiento y de proximidad al hombre que estaba sentado a su lado. El silencio se interponía entre ellos como un abismo, y Ana intentó encontrar algún tema de conversación neutral, pero desistió. No había ninguna necesidad de fingir.

Vaucluse era una urbanización exclusiva con magníficas vistas al puerto. Ana se puso nerviosa cuando el coche se detuvo ante la puerta electrónica que daba acceso a la mansión de Luc. Era un edificio de dos plantas con una arquitectura elegante. Tenía además un jardín muy bello que Petros mantenía en perfectas condiciones; el hombre vivía en un apartamento que había encima del garaje, y se ocupaba de todo el trabajo que ocasionaba la casa.

Cuando llegaron a la puerta, Ana salió del coche y esperó a que Luc desconectara la alarma y abriera. Entraron los dos juntos.

La vivienda estaba distribuida cómodamente; el salón y comedor principales quedaban a la derecha, y a la izquierda había un espacioso despacho. En el vestíbulo había una gran escalera de mármol que conducía al piso de arriba, en el cual había cuatro habitaciones con su propio baño cada una, y la habitación de matrimonio, con dos baños y dos vestidores. Además disponía de un salón privado.

—Traeré unos refrescos —dijo Petros cuando terminó de cerrar la puerta y de conectar la alarma de nuevo.

—Para mí no, gracias —dijo Ana con una sonrisa para suavizar la negativa, y se dirigió a la escalera. No le apetecía mantener la

40

fachada más del tiempo necesario.

Luc la siguió y ella se volvió hacia él cuando llegaron al rellano.

—Preferiría tener mi propia habitación.

—No —su expresión no cambió.

—¿Qué significa «no»?

—Creo que mi respuesta está suficientemente clara.

—No quiero acostarme contigo.

—Quizá no quieras... esta noche —la corrigió con suavidad, y percibió una chispa de dolor en sus ojos azules, antes de que consiguiera disimularlo con rapidez.

—¡Ninguna noche!

—Muy valiente, Ana.

Él continuó su camino con indolencia llevándole la maleta, y ella observó en silencio cómo entraba en la habitación y volvía a salir segundos más tarde.

Tenía deseos de recriminarle todo lo que estaba haciéndole. Odiaba el poder que tenía sobre ella y su propia incapacidad de vengarse de la misma manera. Estaba atrapada en una red, atada a él por el niño que había concebido y por la lealtad hacia su padre.

—Vete al infierno, Luc —le dijo amargamente cuando estuvo a su nivel.

Él se detuvo y le tomó la barbilla para hacer que lo mirase a los ojos.

—Ten cuidado, *pedhaki mou*. Podría entrarme la tentación de llevarte conmigo.

Ana abrió muchos los ojos y le temblaron ligeramente los labios mientras sentía cómo él le acariciaba la mejilla.

—No me asusto fácilmente.

Él sonrió con ironía.

—Esa es una de tus admirables cualidades —comenzó a bajar las escaleras. Ana sabía que iba a preguntarle a Petros si había habido algún mensaje, que haría las llamadas necesarias y comprobaría el correo electrónico para despachar los asuntos urgentes... todo ello no le llevaría más de una hora.

Aquello le daba tiempo para ¿instalarse? Casi tenía ganas de echarse a reír.

Entró en la habitación y se dio cuenta de que nada había cambiado. La enorme cama con un edredón profusamente bordado estaba en el centro, y había dos vestidores con cómodas y armarios que cubrían las paredes. Completaban el mobiliario un sofá y una *chaise-longue*, diseñados para dar comodidad y placer.

Placer sensual.

Se estremeció y maldijo en silencio al recordar todo lo que había compartido con Luc en aquella habitación: una vida sexual rica y sin inhibiciones.

Dios Santo. ¿Cómo podría meterse bajo aquel edredón y fingir que todo seguía igual?

No quería pensarlo, pero sabía que tenía que enfrentarse a la situación.

Pero no aquella noche, se dijo mientras cruzaba la habitación para tomar la maleta. Entró en el vestidor y deshizo la bolsa para sacar la camiseta que usaba como pijama y el neceser, y después se dirigió al baño.

Debería llamar a su padre y a su hermana para decirles que ya había vuelto, pero lo único que deseaba era desnudarse y deslizarse entre las sábanas. Ya tendría tiempo a la mañana siguiente para darles la noticia. Tenía demasiadas cosas en la cabeza que seguramente impedirían que se quedara dormida en seguida.

Pero estaba equivocada. Todo lo que había ocurrido aquel día y el viaje, junto con los efectos del embarazo, hicieron que se durmiera en cinco minutos.

Al día siguiente, se despertó lentamente y durante unos instantes no supo dónde estaba.

Entonces lo recordó todo... el vuelo, Sidney, Luc.

Abrió los ojos y reconoció la habitación y la cama... y el hombre de pelo negro que estaba a su lado.

¿Cómo era posible que no se hubiera despertado cuando él...?

—Estabas profundamente dormida —la voz de Luc sonaba tan tranquila como siempre. Lo miró a los ojos y casi se quedó sin respiración. Él se incorporó con agilidad y se quedó sentado al borde de la cama.

Ana cerró los ojos y los abrió de nuevo. Tenía una figura envidiable y músculos bien formados. Ana sintió la necesidad de acariciarle con la punta de los dedos el escaso vello del pecho, y casi no pudo evitar incorporarse, acariciarle la nuca y atraer su cara para que sus labios se juntaran en un beso.

Pero en vez de hacerlo, dejó que su furia saliera a la superficie y se apartó de él.

—No tienes ningún derecho a...

—Sí lo tengo —alargó la mano y le retiró suavemente un mechón de pelo de la mejilla.

Ella se arrastró hacia el borde de la cama, pero él la agarró por la muñeca y la detuvo.

—¡Déjame!

—No.

Ella intentó golpearlo y luchó salvajemente para liberarse, pero no consiguió nada. Luc la atrajo hacia su regazo sin ninguna dificultad. Aquello no era una buena posición, pensó Ana. Estaba demasiado cerca, y lo que le decía su cerebro se oponía a lo que le impulsaban a hacer sus sentidos.

Se quedó inmóvil, porque sabía que luchar contra él era un ejercicio inútil y casi estuvo a punto de sucumbir.

—Déjame —le suplicó con angustia—. Por favor.

Aquella petición le llegó al corazón y se limitó a tomarle la barbilla para examinar su rostro. Ana tenía unos ojos profundos como para hundirse en su mirada, y su vulnerabilidad lo conmovía. Observó cómo le latía el pulso aceleradamente en el cuello.

Le temblaba un poco la boca y se notaba que estaba intentando controlarse, pero se le escapó una lágrima que corrió por su mejilla y él soltó un juramento entre dientes.

Con una ternura increíble, le secó la lágrima y le rozó la mejilla con los labios. Después, dejó descansar la palma de la mano sobre su vientre, como si quisiera darle calor al niño que crecía en su interior. La existencia de aquel pequeño ser lo conmovía como ninguna otra cosa en el mundo.

—Ven a ducharte conmigo.

—No quiero.

Él no supo cuánto esfuerzo le costó negarse. No podía volver tan fácilmente a la relación que compartían, porque aquello significaría que lo perdonaba por usar el chantaje emocional... algo por lo que lo odiaba. Y Celine... ni siquiera quería pensarlo.

Se liberó de él, consciente de que solo lo había conseguido porque se lo había permitido, y se levantó para tomar una muda limpia y darse una ducha.

Tenía un nudo en el estómago y se puso la mano sobre el vientre para intentar que remitiera.

Un cuarto de hora después ya estaba duchada y se había puesto un traje pantalón. Se sentía mejor. Tomó su bolso y bajó las escaleras ágilmente hacia la cocina. Petros estaba allí, preparando huevos fritos con beicon y zumo de naranja. Además había café recién hecho, y el aroma era delicioso.

—Luc ya está en el comedor. Puede ir con él. Ya he preparado su té —le sonrió cálidamente.

—Pero yo prefiero...

—Té. La cafeína no es recomendable durante el embarazo.

Ana arrugó la nariz y sintió que se alegraba un poco.

—Mandón, ¿eh?

De repente sintió un hambre feroz y tomó una tostada del plato que Petros había preparado. La untó con mantequilla y mermelada y se la comió. Después, puso las manos sobre el mango del carrito donde estaba la comida.

—¿Quiere que lleve todo esto?

—En realidad, señora Dimitriades —la reprendió con una actitud distante que hizo que a Ana se le escapara una sonrisa—, rotundamente no.

—¿No le parece que ya es hora de que me llame Ana? —intentó engatusarlo, y añadió burlona—: Soy lo suficientemente joven como para ser su hija.

Él se puso muy derecho.

—Usted es la esposa de mi jefe. No puedo tomarme esas libertades.

Ana dejó escapar una carcajada traviesa.

—A él lo llama Luc —le recordó mirándolo a los ojos.

—Nos conocemos desde hace mucho tiempo.

—¿Y cuántos años tengo que esperar yo antes de que me conceda el honor de llamarme por mi nombre de pila?

—Cinco años —respondió solemnemente, y puso una loncha de beicon sobre el plato, con las demás. Después lo colocó en el carrito y terminó—: Como mínimo.

—En ese caso, me llevo el carrito.

Petros intentó protestar, pero cerró la boca cuando vio la sonrisa de Ana y observó cómo se iba hacia el comedor privado, que estaba al final del pasillo. Daba a la parte de atrás de la casa y tenía vistas a la piscina. El sol entraba por las ventanas a raudales.

—El desayuno está listo —informó desde la puerta.

Luc estaba sentado a la mesa leyendo el periódico, y tenía una taza de café medio vacía a su lado. La chaqueta de su traje estaba colgada en el respaldo de la silla, y la corbata estaba encima. En el suelo, a su lado, había un maletín y un ordenador portátil.

Levantó la cabeza cuando oyó la voz de Ana, y le dirigió al carrito una mirada socarrona mientras doblaba el diario.

—¿Cómo te las has arreglado?

—He usado la lógica y alguna que otra artimaña —puso los platos, la cafetera, la tetera y la comida sobre la mesa, y se sentó. Después se sirvió una taza de té con leche, unos huevos y un par de tostadas.

Al primer bocado pensó que nadie cocinaba como Petros.

—Supongo que llamarás a tu padre y a Rebekah esta misma mañana, ¿no?

—Sí —le dio un sorbo al té—, y después me voy a la tienda.

—No irás a trabajar.

Su tono de voz llevaba implícita una orden, y ella lo asimiló mientras tragaba la comida que tenía en la boca.

—Por supuesto que sí.

—No tienes ninguna necesidad.

—¿Te refieres a hoy, en concreto?

—Me refiero a todos los días —su intención estaba clara.

—¿Ahora que estoy embarazada? —le preguntó con calma.

—No veo la necesidad de que te pases de pie todo el día y te fatigues en exceso.

Ana dejó los cubiertos sobre el plato y lo apartó.

—¿Así que prefieres que haga vida social, que vaya de compras y descanse todo el día?

—Puedes convertirte en el socio capitalista y que Rebekah contrate a un dependiente.

—No.

—No te estoy dando a elegir —su tono de voz era suave y frío. Se notaba un atisbo de ira al que Ana no prestó atención.

—No intentes manipularme, Luc —la furia hizo que sus ojos se convirtieran en dos dardos brillantes—. No estoy dispuesta a admitirlo.

—Termina el desayuno.

—Ya no tengo hambre —se puso de pie y tiró la servilleta sobre la mesa—. Voy a hacer unas cuantas llamadas.

Él la tomó por el brazo y la detuvo cuando salía del comedor.

—Dile a Rebekah que contrate a alguien que te sustituya —aquellos que lo conocían habrían temblado al escuchar el tono autoritario que había en aquella advertencia—, o lo haré yo mismo. Mientras tanto, procura pasar el menor tiempo posible en la tienda.

—Vete al infierno.

—No me presiones.

Ella reprimió el deseo de contestarle como se merecía y se liberó de su mano. Salió por la puerta de la terraza con la cabeza alta y bajó las escaleras hasta el jardín. Allí sacó el móvil y llamó a su padre para proponerle que comieran juntos; pero su padre le dijo que no podría ser hasta el día siguiente debido a una reunión de negocios.

Parecía distraído, nervioso. ¿Arrepentido?

Ana quería respuestas, o por lo menos la explicación de por qué un hombre íntegro había hecho algo tan impropio de él. Necesitaba que él mismo se lo contara.

Pero no podría ser aquel día, pensó mientras volvía sobre sus pasos.

Capítulo cuatro

PETROS estaba retirando la mesa cuando Ana entró al comedor.

—Luc ya se ha marchado.

—Necesito las llaves de mi coche.

El mayordomo continuó poniendo las cosas sobre el carrito.

—No creo que sea una buena idea.

—Luc ya sabe cuáles son mis planes para hoy.

—Pero no está de acuerdo con ellos, ¿verdad?

—Tengo cosas que hacer.

—La tienda —respondió Petros—, donde trabajará durante todo el día.

—Dirijo un negocio con mi hermana —le recordó con firmeza.

—Luc no aprobará que usted conduzca.

Ella tomó el bolso y se lo colgó del hombro, y después tomó las llaves que Petros le tendía.

—Me aseguraré de que se entere de que me lo ha advertido.

—Yo la llevaré.

—Gracias —Ana sabía lo fuerte que era el sentimiento de lealtad que aquel hombre tenía hacia Luc—, pero no, gracias.

La floristería estaba situada en un pequeño centro comercial en el elegante barrio de Double Bay, y tenía una clientela fija.

Rebekah se ocupaba de confeccionar los ramos con una habilidad poco común, y Ana se dedicaba principalmente a mantener el orden, hacer los pedidos y comprobar que los repartos se hacían puntualmente. Además, era la relaciones públicas.

Los lazos, las tijeras, el cordel y un poco de magia habían conseguido que Blooms & Bouquets gozara de una buena reputación.

Ana llegó a la tienda justo después de las nueve y aspiró la fragancia dulce de las flores al entrar. La esbelta muchacha rubia que estaba en el mostrador decorando una cesta alzó la cabeza al oír sonar la campanilla de la puerta.

—¡Ana! ¡Cuánto me alegro de verte! ¿Cuándo has vuelto?

—Anoche.

Rebekah la abrazó cariñosamente y después se retiró para observarla con atención.

—¿Y qué noticias tienes que contarme?

—¿Sobre qué?

—En misteriosos mensajes que me has dejado en el móvil no explicabas nada de por qué te largaste, y no creo que Celine haya sido la única razón. Así que cuéntame.

Podría engañarla, pero ¿para qué?

—Estoy embarazada.

Después de la sorpresa inicial, la boca de su hermana se curvó en una cálida sonrisa y se le encendió la mirada de alegría. Pero le preguntó:

—¿Y por qué no estás bailando de entusiasmo?

—No ha sido algo planeado.

—¿Y eso representa un problema?

—No exactamente.

—Pero hay algo que te inquieta. ¿Quieres contármelo?

Ana se quedó en silencio durante unos segundos, y Rebekah suavizó aún más la voz.

—¿Le has contado a Luc hasta dónde ha llegado Celine y lo miserable que es?

—No —¿cuál sería la diferencia?

—¿Y no crees que deberías hacerlo?

—Puedo manejar a Celine yo sola.

—Cariño —la reprendió Rebekah—, te apuesto lo que quieras a que te aplastará.

Ana sonrió a su hermana con ironía.

—Gracias por el voto de confianza.

—Me preocupo por ti. ¿Eso es todo lo que tenías que decirme? ¿No hay nada más?

Ana no sabía si hacerle partícipe de la situación de su padre, y optó por mantenerse en silencio.

—Échale la culpa de mi comportamiento

a mis hormonas enloquecidas —se encogió de hombros y dejó escapar una risa, aunque se sentía culpable.

—Supongo que mi fabuloso cuñado prefiere que su mujercita se quede en casa.

—Has acertado.

—¿Y por eso has venido a trabajar?

—Me conoces muy bien —dijo con una débil sonrisa.

—Como no me apetece que Luc me desuelle viva, de hoy en adelante yo me ocuparé de lo más duro, ¿de acuerdo?

—Quizá.

—Y te tomarás una hora para comer.

—No necesito tanto tiempo.

—Harás el trabajo administrativo, y te ocuparás del ordenador.

Ana puso cara de horror.

—¿Quién ha dicho que eres la jefa?

Rebekah le hizo un gesto burlón.

—Yo.

Ana suspiró, dejó el bolso en una silla detrás del mostrador y se puso una bata. Después empezó a inspeccionar el libro de envíos.

—Bueno, pongámonos a trabajar.

Las dos hermanas trabajaban juntas con la facilidad que daba la experiencia de muchos años, y todos los envíos y encargos se cumplieron puntualmente. Después tuvieron el agradable trabajo de asesorar a una novia sobre las flores más adecuadas para su tocado y su ramo.

Cuando terminaron, Ana se puso a abrir cajas de capullos de rosas, y Rebekah le alcanzó el teléfono inalámbrico.

—Es el padre de tu hijo.

—Luc —dijo como saludo.

—Creía que habíamos convenido que limitarías tus horas de trabajo.

—No me acuerdo de haber aceptado tu sugerencia.

—No le busques tres pies al gato.

—¿Eso es lo que crees que estoy haciendo?

—Ana —dijo en el mismo tono de advertencia que había usado por la mañana.

—Tu preocupación es conmovedora.

—Muy bien, continuaremos esta conversación más tarde.

—No puedo esperar más —colgó el teléfono antes de que él tuviera la oportunidad de contestar.

Quizá no hubiera sido un acierto, dado que por la noche tenían que ir a cenar con unos amigos. En realidad, con compañeros de trabajo de Luc. Allí estarían sus esposas, su novias, sus amantes...

Y no tenía ninguna duda de que Celine Moore iría también, con la clara intención de causar más problemas. La glamurosa Celine era la reina de los felinos... peligrosa y dañina. Las mujeres percibían su poder y se sentían inquietas, y los hombres se quedaban asombrados ante su atractivo sexual. Era despampanante.

Pero no podía negarse a asistir a aquella velada, y sintió que los nervios le atenazaban el estómago según avanzaba la tarde.

—Vete a casa —le aconsejó Rebekah—. Puedo arreglármelas yo sola hasta la hora de cerrar.

—Tengo mala cara, ¿eh?

—Nada que una ducha relajante y el maquillaje no puedan solucionar.

—Gracias.

—De nada. Ponte algo muy sexy y bájale los humos a Celine.

—Como si fuera posible. Tiene garras de acero.

—Pero tú le llevas bastante ventaja. Tienes la alianza de casada, y estás embarazada de Luc.

—la alianza no le hace ningún efecto, así que, ¿por qué iba a hacerlo mi embarazo?

Rebekah la miró con fijeza.

—Estamos hablando de Luc, no de la rata con la que yo me casé y de la que me divorcié en tiempo récord.

Ana conocía de sobra el duro golpe que

había supuesto el fracaso del matrimonio en la vida de su hermana. Le había causado mucha amargura, dolor y rechazo. Habían pasado ya tres años y aunque había conseguido curar un poco sus heridas, todavía le quedaban las cicatrices emocionales que le hacían desconfiar por completo de los hombres. Solo unas cuantas personas muy cercanas a Rebekah sabían que su fortaleza exterior era una apariencia con la que trataba de esconder su fragilidad y protegerse.

¿Cuál sería la reacción de su hermana si se enteraba de que Luc había utilizado el chantaje para hacer que volviera a su lado?

—Vete —le dijo Rebekah—. Mañana iré yo al mercado.

—No, eso es injusto —siempre habían compartido la tarea de levantarse antes de que amaneciera para ir a los puestos del mercado y conseguir las mejores flores al mejor precio—. Estoy embarazada, no enferma. Además, has tenido que hacerlo todo mientras yo he estado fuera.

—No creo que Luc tenga eso en cuenta.

—Luc no es quién para decirme lo que tengo que hacer.

Por fin se marchó a casa. Petros la saludó cuando entró al vestíbulo.

—Luc llegará media hora más tarde, señora Dimitriades.

—Ana —lo corrigió por enésima vez, aunque creía que nunca lo conseguiría.

Aquel hombre era quien se ocupaba de todo, y algunas veces parecía que seguía una disciplina militar. Era de edad indefinida, aunque ella pensaba que tendría unos cincuenta años, y a veces hacía gala de una brusquedad de carácter que no dejaba ninguna duda sobre su papel en la casa. Ana tenía la sospecha de que había actuado como guardaespaldas en más de una ocasión.

Cuando le había preguntado a Luc sobre él, su marido solo le había contado que antes trabajaba para su padre y después pasó a trabajar para él.

—Sería una falta de respeto que yo me permitiera tales familiaridades con la esposa de mi jefe.

—Oh, cierre el pico —dijo Ana con exasperación. Terminó por encogerse de hombros y subió las escaleras con toda la dignidad de la que fue capaz.

Entró en el vestidor para elegir lo que se pondría, y se decidió por un vestido negro, un chal de encaje y unos zapatos de tacón de aguja. Después, tomó ropa interior a juego y entró en el baño.

Cuando salió, Luc ya había llegado y estaba desnudándose. El corazón le dio un vuelco y observó disimuladamente sus hombros musculosos y el suave vello de su pecho mientras se quitaba la camisa.

Recordaba nítidamente la sensación de acariciar aquella piel cálida y sentir cómo vibraba cuando lo acariciaba con la punta de los dedos y con los labios. Casi podía oír el suave susurro de placer que se le escapaba cuando intentaba mantener el control y sus propios jadeos mientras el calor aumentaba y ambos se abandonaban al placer más absoluto... Era algo abrasador y salvaje, sin inhibiciones.

La ropa interior ajustada que llevaba apenas le cubría las nalgas, y cuando se giró ella vio el bulto de su poderosa erección.

Dios Santo, ¿qué le ocurría para quedarse allí de pie sin poder reaccionar solo con verlo? ¿Cómo podía hechizarla de aquella manera, si pensaba que tenía todos los motivos del mundo para odiarlo?

Deliberadamente, Ana se sentó al borde de la cama y comenzó a subirse las medias, desenrollándolas suavemente sobre las pantorrillas y los muslos. Elevó la cabeza y se encontró su mirada clavada en ella. Durante un instante eterno, todo se quedó paralizado. Solo existía él y la tensión que había en el ambiente. Era como un volcán a punto de entrar en erupción, peligroso y amenazador.

Entonces, moviéndose lentamente, se

quitó los calzoncillos y se paseó desvergonzadamente hasta el baño. Unos segundos después Ana oyó el ruido del agua de la ducha y el sonido sirvió para sacarla de su estado de trance.

Casi temblando se puso el vestido y se subió la cremallera. Después se sentó en el tocador, se hizo un moño alto y empezó a maquillarse. Tuvo que aplicarse el rímel y la sombra de ojos dos veces, hasta que consiguió el efecto deseado.

Fue consciente del momento en que Luc salió de la ducha y volvió a la habitación. Sintió que le hacía un rápido examen y notó que el calor de antes volvía a circular por sus venas... Deliberadamente se volvió para elegir las pocas joyas que iba a ponerse.

No fue de mucha ayuda para su tranquilidad oír el suave roce de la camisa de seda contra su piel, ni imaginar cómo los pantalones de Armani de su traje cubrían sus muslos poderosos, ni tampoco el sonido de la cremallera al deslizarse hacia arriba.

La invadió un calor que la hizo vibrar de deseo. ¿Se sentiría él igual? Lo dudaba.

Además, estaba atrapada en una red de orgullo, ira y resentimiento que no le permitía acercarse a él. ¿Estaría Luc intentándolo? Era un hombre con un gran apetito sexual...

De repente, su mente se detuvo y su cuerpo se puso rígido. ¿Habría estado con Celine en su ausencia? Solo con pensarlo se ponía enferma.

Dios Santo... No. Él había dado su palabra, incluso por escrito. Pero aquello eran solo palabras, y Celine era una tentación demasiado seductora como para resistirse.

«Los hombres son de Marte, las mujeres de Venus». Aquel era el eslogan del nuevo milenio, y traducido a la realidad, significaba que las mujeres deseaban el amor y los hombres el sexo.

—¿Tienes algún problema?

Estaba intentando abrocharse una cadena y el cierre se le escapaba entre los dedos en la nuca.

—No, me las puedo arreglar.

Sin embargo, él cruzó la habitación hasta ella, le quitó la cadenita y se la abrochó suavemente. ¿Se quedó allí más tiempo de lo necesario? ¿La acarició la nuca sin querer o fue algo deliberado?

«¡Deja de pensar en eso!», se reprendió a sí misma, y se levantó del tocador para ponerse los zapatos y tomar el bolso de fiesta.

—¿Estás lista?

—Sí, ya estoy.

Sus anfitriones vivían en una casa restaurada en Double Bay, donde no quedaba más remedio que aparcar en la calle, así que

61

reconocer los coches de los otros invitados era algo casi imposible.

El barrio estaba lleno de cafés de moda, y las casitas con terrazas se habían convertido en boutiques que le daban un aire cosmopolita. Era uno de los lugares preferidos por la elite social y los más ricos se reunían allí para tomar un café y charlar.

Cuando entraron en la casa, habían llegado unos diez invitados y estaban reunidos en el magnífico salón; Ana mantuvo la respiración sin darse cuenta hasta que comprobó que Celine no estaba en la sala.

Pidió un zumo de naranja y le dio un sorbito mientras se mezclaba en una conversación que mantenían unos conocidos sobre el cirujano plástico más de moda en aquel momento.

«Un tema fascinante», pensó, y se preguntó cuáles eran las prioridades en la vida de algunas personas. Para algunas mujeres, era importante estar siempre en forma si querían conservar un marido rico que les proporcionase el estilo de vida que deseaban, porque siempre había otra más joven que estaba dispuesta a agradar.

Así que el tiempo de aquellas mujeres se dividía entre los gimnasios, las manicuras y pedicuras, la peluquería, los masajes, la ropa de diseño y las joyas... Todo para conseguir una imagen perfecta. Y según pasaban los años, se desesperaban más y ponían la excusa de ir al extranjero para hacerse operar en Estados Unidos, Suiza o Francia.

—¿Y a ti qué te parece, querida?

—Nunca se sabe —respondió Ana, volviendo a la conversación sobre cirugía estética.

—Es un cirujano increíble. Carísimo, por supuesto, pero...

—Uno debe hacer lo que crea conveniente.

—Estoy totalmente de acuerdo contigo.

La otra invitada cambió de grupo y un instante después Ana notó que Luc la agarraba por la cintura.

—¿No te parece que te estás acercando demasiado?

—No.

—Perdóname. Se me había olvidado que estamos representando un papel.

—¿Cuál?

—El de dos personas felizmente casadas.

—Ten cuidado, *kyria*. Mi paciencia tiene un límite.

—Y la mía también.

En aquel preciso momento, el mayordomo acompañó al salón a la última invitada, y todas las cabezas se volvieron cuando oyeron una risa femenina ligeramente ronca.

Celine. Llevaba el pelo oscuro magnífica-mente peinado, e iba muy bien maquillada. Podría pasar por una top model. Si a aquello se le añadían un cuerpo espectacular y unos rasgos perfectos, el resultado era apabullan-te.

A su lado estaba su acompañante para aquella velada... Un hombre muy atractivo, tan guapo y con unas maneras tan refinadas que no parecía real.

¿Un modelo? ¿Sería un acompañante pro-fesional que alquilaba sus servicios?

Aquello no era una idea agradable, se dijo con cinismo, y se reprochó aquel pensamien-to tan poco caritativo.

Mientras cumplía con los saludos de rigor, Ana notó que su mirada estaba crispada y que no había ninguna calidez en su expre-sión.

En cuanto terminó con el protocolo, su mirada se dirigió a Luc como un misil teledi-rigido y le dedicó una sonrisa espléndida, lo cual les demostró a todos los presentes que él era su objetivo principal.

Ana sintió aquella amenaza y se le hizo un nudo en el estómago.

—Ha llegado la atracción de la velada —murmuró, y sintió la suave presión de los dedos de Luc en la cintura.

—Compórtate.

—No se me ocurriría hacer algo inapropiado —casi no había tenido tiempo de tomar aire cuando Celine ya estaba a su lado. Su perfume era una mezcla de esencias exóticas, y el vestido de noche se ajustaba a las curvas de su cuerpo como si fuera la piel.

—Luc, cariño.

El roce de los labios en su mejilla fue algo más que un simple gesto de saludo, y Ana apretó los dientes de rabia.

—Celine —él pronunció su nombre con una amabilidad extrema y una sonrisa totalmente obligada.

Cuando por fin llegó la hora de cenar, Celine se las arregló para manipular los sitios, de manera que quedó justo enfrente de Ana y Luc. Ana se lo tomó con resignación e ironía. Habría elegido pasar aquella velada de muchas formas, pero observar cómo la ex amante de su marido se lo comía con los ojos no era lo que más le hubiera apetecido.

Era una pena no poder permitirse un vaso de vino para suavizar la situación, y la comida no iba a ayudarla. En realidad, dada la forma en que se estaba comportando su estómago, se preguntó si sería aconsejable comer algo.

—¿Estás a régimen, querida?

—No, solo tengo jaqueca —no del todo falso; después de un rato en compañía de

Celine, era muy fácil que Ana tuviera una migraña en toda regla. Celine hizo una especie de puchero y después sonrió a Luc de forma seductora.

Ana atravesó una gamba con vigor innecesario, y se dispuso a tomarse el primer plato. Después casi apartó el segundo sin haberlo tocado. La conversación y el vino fluían, y se preguntó si era la única persona que notaba la actitud provocativa de Celine. En un determinado momento, le dedicó a Luc una sonrisa especialmente descarada y se humedeció los labios con la lengua. Ana volvió a apretar los dientes.

Tenía la fuerte tentación de arrojarle el agua con hielo de su vaso a la cara para ver si de aquella manera se enfriaba un poco, pero no podía hacer aquella escena.

Durante el postre, Ana sintió que algo le rozaba la pierna.

Accidentalmente o a propósito Celine estaba frotando su pie descalzo contra la pierna de Luc bajo la mesa. ¿O quizás algo peor?

Ya había tenido suficiente, pensó.

—¿Has perdido el zapato, Celine?

Ana tuvo que reconocer, al ver cómo reaccionó, que era una magnífica actriz.

—No. ¿Por qué dices eso?

«Déjalo», pensó Ana. Aquel no era ni el momento ni el lugar para un enfrentamiento.

En vez de eso, cerró fuertemente la mano sobre la servilleta y se estremeció cuando Luc se la tomó y la apretó en su puño.

¿Para qué? Quizá fuera compasión, o un intento de ahogar sus sospechas. Con un suave movimiento, se liberó de la mano de Luc y la deslizó hasta su muslo, donde le clavó las uñas en el músculo con todas sus fuerzas.

Tuvo que reconocer que él aguantó y no hizo ningún gesto indicativo de que hubiera una batalla de voluntades librándose bajo la mesa. Lo único que hizo fue separar la mano de Ana de su pierna y llevársela a los labios en un gesto que hizo que sus mejillas se ruborizaran.

Ella creyó notar una mirada fría bajo el calor que proyectaban sus ojos negros... y algo que no se atrevió a analizar. ¿Ira o irritación?

Se dijo a sí misma que no le importaba.

—Supongo que disfrutaste mucho de tu estancia en la costa.

¿Por qué tenía la sensación de que ninguna conversación de Celine era inocente? Su tono era muy amable e inocuo, pero conocía perfectamente sus estrategias, y la inocencia no entraba en sus planes.

—Sí, fue un descanso muy agradable.

Vio cómo la otra enarcaba ligeramente

una ceja.

—¿Tú sola?

Era como andar de puntillas sobre un campo de minas.

—¿Te parece muy raro?

—Luc parecía un poco apenado por tu ausencia.

Ana observó divertida la expresión de Luc, e intentó controlar el escalofrío que le subió por la espina dorsal.

—¡Qué agradable es que te echen de menos!

Él todavía sostenía su mano, y ella intentó librarse sin éxito.

Tan cerca de él percibía la fragancia de su colonia, mezclándose con el fresco olor de su ropa y el perfume de su propia piel. Sentía toda su energía sexual y la cualidad primitiva de su sensualidad. Era muy excitante y un poco intimidatorio.

Tuvo recuerdos nítidos de lo que era hacer el amor con él... el ansia, la pasión, la ternura. Echaba de menos sus caricias, tenerlo pegado a su cuerpo, y abandonarse en sus brazos viviendo los momentos en los que casi era posible pensar que ella le importaba.

Sin embargo, él siempre mantenía el control hasta cierto punto. ¿Sería consciente de cómo la afectaba todo aquello? Era imposible que no lo supiera.

—¿Vamos al salón a tomar café?

Ana prefirió un té, y tomó el líquido reconfortante de pie, al lado de Luc.

Parecía que Celine estaba totalmente concentrada en la tarea de hechizar a su acompañante; seguramente era algo planeado para hacerle ver a Luc lo que se estaba perdiendo. ¿Estaban los demás invitados observando también su actuación, o es que ella estaba demasiado sensible?

—¿Has terminado?

Miró fijamente a su marido mientras él tomaba la taza de sus manos y la dejaba sobre la mesa de al lado.

—Gracias.

—¿Nos vamos?

Ana sonrió débilmente.

—Creí que nunca ibas a preguntármelo.

—¿Estás cansada?

—Si contesto que sí, ¿lo utilizarás en mi contra?

—Por supuesto.

—Entonces no estoy cansada.

—Estás pálida.

—Y tú empiezas a tener la sombra de la barba.

Los ojos le brillaron y pareció que la contestación le había hecho gracia. Pero aquello solo duró un segundo. Después le puso a Ana la mano en la cintura de nuevo y comenzaron a despedirse de los demás invitados y de sus anfitriones.

Cuando entraron en el coche y Luc puso en marcha el motor, Ana cerró los ojos y apoyó la cabeza en el respaldo. No tenía ganas de hablar sobre la cena ni de preguntar sobre las acciones de Celine.

Simplemente, escuchó la suave música que salía de los altavoces y se relajó.

Había una parte de su ser que quería llorar por todo aquello que no podía tener, y la otra parte quería gritarle a Celine por intentar quitarle lo poco que había conseguido. Pero no hizo ninguna de las dos cosas.

Cuando llegaron a casa, él no subió a la habitación directamente. Ana se desvistió rápidamente, se desmaquilló, se deshizo el moño y se deslizó entre las sábanas.

Después de un rato, Luc entró en la habitación y se quedó de pie al lado de la cama observando el sueño de su mujer. Parecía muy frágil. Su piel era casi transparente y tuvo ganas de acariciarle los párpados. Pero lo único que hizo fue retirarle un mechón de pelo de la mejilla.

Tenía los hombros y los brazos esbeltos, y las manos delicadas. Sin embargo eran unas manos capaces, rápidas y hábiles, con los dedos delgados y las uñas suaves. Hizo un gesto de dolor al recordar cómo se las había clavado en la pierna durante la cena, y la boca se le curvó en una sonrisa divertida al acordarse del motivo.

Sabía que podía meterse en la cama y abrazarla, consciente de que dormida no se resistiría. Quería rozarle el cuello con los labios, acariciarle los pechos y seguir el camino que lo llevaría hasta la hendidura húmeda que había en el punto de unión de sus muslos... Podría engatusarla fácilmente y persuadirla con su experiencia, y sería suya. Pero aquello sería injusto.

Quería conseguirla despierta y consciente de lo que hacía, que fuera a él con ansia en su corazón. Mucho más que eso, quería todo lo que podía darle con la generosidad de su espíritu, desde lo más profundo de su ser.

Pero tenía que aceptar que no iba a ocurrir muy pronto.

Capítulo cinco

ANA eligió un restaurante muy cercano a Blooms y Bouquets para comer con su padre. Aunque no fue una comida muy larga. Él llegó tarde, la saludó cariñosamente y le dijo disculpándose que no podía quedarse mucho tiempo.

Era un hombre de estatura media que siempre había tenido una buena presencia. Tenía una elegancia natural en sus movimientos. Sin embargo, aquel día estaba apagado, notó Ana un poco triste.

Pidieron la comida y dos botellas de agua fría. Después empezaron a charlar mientras esperaban.

—¿Estás bien?

Hubo algo en el tono de la pregunta que le causó dolor, y se le reflejó en la mirada.

—Luc te lo ha contado.

Habría sido absurdo mentir, y Ana sintió pena por la sombra de culpabilidad que había en su expresión.

—¿Creías que no lo haría?

Estaba muy avergonzado. ¿Cómo reaccionaría si ella le contara que Luc había usado aquello como apoyo para conseguir la reconciliación?

El camarero les sirvió sus platos y comieron rápidamente.

—Solo tengo una pregunta. ¿Por qué?

—Salía con una mujer... —su padre hizo una pausa y después continuó de mala gana—. Para cuando me di cuenta de que estaba con otros dos hombres, ya me había gastado una fortuna con la tarjeta de crédito.

—¿Y qué vas a hacer ahora?

—Venderé el apartamento e intentaré recuperar mi reputación en el extranjero. Tengo algunos contactos en Nueva York.

Ana pensó que aquello era una buena idea y se lo dijo.

—¿Lo pasaste bien en la costa?

—Me alegro de haber vuelto —era una pura mentira, pero todavía no estaba preparada para contarle la verdad. Sin embargo, había algo que sí podía compartir con él.

—¿Qué te parecería convertirte en abuelo?

Él sonrió con verdadera alegría, y le cubrió la mano con la suya.

—¿Es un hecho consumado?

Eran un poco más de las dos cuando Ana volvió a la tienda, y la tarde pasó rápidamente porque tuvieron mucho trabajo.

Al volver a casa había mucho tráfico y tardó un poco más de lo habitual. Le apetecía ducharse, ponerse ropa cómoda, tomarse un refresco… todo en ese orden, pensó mientras aparcaba el coche en el garaje.

Después, cenaría algo ligero, vería una película de vídeo y se acostaría pronto.

Petros salió al vestíbulo cuando ella entró, y Ana le sonrió.

—Hola, ¿qué tal el día?

—Lo normal, señora Dimitriades. ¿Y el suyo?

—Igual —respondió con una solemnidad divertida que no le pasó desapercibida al mayordomo.

—Luc me ha pedido que le diga que llegará tarde. Una cena de negocios, creo.

—Así que solo estamos el gato y yo. Solo tomaré una ensalada para cenar. Creo que con eso tendré suficiente.

Petros hizo un gesto de desaprobación.

—He preparado algo más sustancioso que una ensalada. Si me dice dónde y a qué hora quiere cenar, estaré dispuesto para servirle la comida.

—¿Y el gato de la cocina? —no pudo evitar hacer esa pregunta, y Petros sonrió.

—De mal humor todo el tiempo que usted ha estado fuera —igual que el dueño de la casa, aunque uno no usaría las palabras «de mal humor» para describir a alguien como Luc Dimitriades. Tenía un temperamento un poco más fuerte.

—Entonces tengo que resarcirlo.

Si Luc tuviera un felino, sería de una raza exótica, seguramente. Pero Oliver había llegado hacía un mes, hambriento, mojado y con un aspecto patético. Lo habían secado con una toalla y le habían dado leche, y él había declarado aquella casa su nueva morada. Se suponía que tenía limitado el territorio a la cocina y el fregadero, pero le encantaba pasearse por la casa durante todo el día.

—Muy buena idea.

Ana encontró a Oliver en su cesta, y él la miró atentamente para decidir si tenía que saludarla o no. Al fin y al cabo, no había estado allí durante algunos días. Pero había algo en su tono de voz, una dulzura al acariciarlo que hizo que el gato cediera a sus instintos y se pusiera panza arriba.

«Cariño incondicional», pensó Ana mientras el minino arqueaba el cuello para recibir sus cosquillas. Si fuera igual de fácil con los humanos...

Tomó una ducha relajante, se puso unos vaqueros y una blusa, y se hizo una coleta. Bajó a la cocina y encontró a Petros poniendo un suculento estofado sobre un lecho de arroz humeante.

Ana tomó un tenedor, lo hundió en el arroz y arrugó la nariz a Petros ante su gesto de censura. Después tomó un plato y dijo:

—Cenaré en la terraza.

El aire tenía la calidez del verano, y le apetecía sentir la brisa en la cara, aspirar la fragancia de las flores y disfrutar de un poco de tranquilidad.

—Mi trabajo es servirla.

Ana lo miró y empezó a echar comida en su plato.

—Ya hemos tenido esta discusión antes.

—Y estoy seguro de que la tendremos de nuevo —contestó con un suspiro de sufrimiento—. Luc...

—Luc no está aquí —le recordó solemnemente—. Así haga el favor de alegrar la cara.

Parecía que Petros estaba luchando con su conciencia.

—Muy bien.

Hacía una noche muy agradable, y la vista del puerto desde la terraza era espectacular. La superficie del agua parecía un espejo y los barcos amarrados apenas se movían. El sol ocultándose en el horizonte hacía brillar el cielo con colores naranjas sobre el fondo azul.

Le resultaba fácil dejar vagar su mente y recordar el primer día que había llegado a aquella casa, el placer de amar al hombre que la había llevado allí, y la promesa de todo lo que podría llegar a ser su amor. A pesar de saber que parte de su corazón siempre le pertenecería a Emma, la chica con la que se había casado y a la que había perdido demasiado pronto.

En los once años que habían transcurrido entre su primer y segundo matrimonio había habido algunas mujeres, porque un hombre con la fortuna y el físico de Luc era un imán. Ella aceptaba eso, e incluso aceptaba los coqueteos inofensivos que se llevaban a cabo en los eventos sociales.

Sin embargo, una amante era algo que no podía perdonar.

Celine le había hecho creer que el romance seguía vivo. ¿Pero era cierto? Luc juraba que no. ¿A quién debería creer?

—Si ha terminado, me llevaré su plato.

Se volvió cuando oyó la voz de Petros y le sonrió.

—Muchas gracias, estaba delicioso.

—¿Quiere algo de postre? ¿Fruta?

Negó con la cabeza.

—¿Un té?

—Iré dentro y lo prepararé yo misma.

—Quédese ahí —dijo él, y miró al jardín—. Es muy agradable estar aquí a esta hora de la noche.

—¿Conversación, Petros? —le preguntó con una sonrisa traviesa—. Es muy raro que se lo permita.

—Iré a prepararle el té.

Ana se levantó de la mesa y se recostó en una tumbona. Unos segundos más tarde, sintió un roce de algo peludo cuando Oliver saltó a su lado y empezó a hacerse sitio encima del cojín. Dio tres vueltas y acabó por hacerse un ovillo al lado de su cadera.

Ella le acarició la cabeza y le hizo cosquillas detrás de las orejas, y el gato se lo agradeció con un suave ronroneo.

—Muy bien —dijo Petros cuando volvió. Puso una taza y la tetera sobre la mesa—, parece que ha decidido quedarse con usted. Iré a buscarle un jersey.

—Gracias —le dijo, y le dio un sorbito al té.

Cuando empezó a hacerse de noche se puso el jersey con cuidado para no despertar a Oliver.

Allí fue donde la encontró Luc, dormida, con la cabeza apoyada en respaldo de la tumbona.

Ella no sabía que Petros había estado alerta por si necesitaba algo hasta que Luc había llegado. Los dos hombres cruzaron algunas palabras y el mayordomo se fue a su habitación.

Luc se quedó enfrente de la tumbona observando sus rasgos en reposo. Metió un brazo detrás de su espalda con suavidad y ella se estiró y abrió los ojos lentamente.

—¿Qué haces aquí fuera, *pedhi mou*? ¿Mirar las estrellas?

Ana alargó una mano y palpó el sitio donde había estado durmiendo el gato.

—¿Oliver?

—Petros se lo ha llevado a su cesta a dormir.

La tomó en brazos para llevarla a la habitación. A ella no le apetecía discutir.

—Puedo andar.

Le rozó la sien con los labios.

—Déjame —la llevó fácilmente y por el camino apagó las luces y conectó la alarma. Después subió las escaleras y llegó al dormitorio.

—No creo que...

La besó y le lamió provocativamente los labios, dejándola ansiosa.

Abrió la puerta con el hombro y avanzó hacia la cama.

—¿Es tan importante eso que crees?

Ella pensó con tristeza en sus esperanzas y en sus sueños.

—Sí.

Despacio, la bajó al suelo, y deslizó las manos para agarrarle las nalgas. Inclinó la cabeza y sus labios la acariciaron con una ternura que casi la hizo llorar.

—No quiero hacerlo.

Lo dijo con un susurro lleno de dolor que

le llegó hasta el corazón y le hizo daño.

—Entonces dime que pare.

Dios Santo. Se moría por sus caricias. El lento y tentador movimiento de su lengua hizo que el calor le recorriera el cuerpo, y se apoyó en él como si la atrajera con una fuerza irresistible.

Abrió la boca y consiguió que ella separara los labios y le permitiera explorarla. Ella gimió, en parte de ansiedad y en parte como protesta a medida que él profundizaba más y más el beso.

Extendió totalmente una mano sobre una de sus nalgas y con la otra le recorrió la espalda hasta agarrarle la nuca. Todo aquello causó estragos en sus emociones. Pero no era suficiente. Nunca era suficiente.

Necesitaba sentir su piel sin la barrera de la ropa; le desató los botones de la camisa y se la sacó de los pantalones.

Entonces él le quitó el jersey y ella dejó escapar un gemido cuando continuó desnudándola y le soltó el sujetador.

Le tomó un pecho y lo sostuvo en la mano, y con el pulgar jugueteó con el pezón, acariciándoselo hasta que ella sintió cómo el calor llegaba como espirales hasta el punto de unión de sus muslos y la abrasaba, volviéndola loca.

Rápidamente terminaron de desatar todos

los botones y de bajar todas las cremalleras y la ropa cayó al suelo, hasta que nada se interpuso entre ellos.

Ana sintió otra vez cómo invadía su boca mientras la empujaba suavemente para derribarla sobre la cama. Él elevó su cuerpo, grande y poderoso. Estaba completamente excitado y tenía los ojos brillantes de pasión.

Hizo un intento de controlarse mientras él viajó con su boca hasta un pecho y lo lamió, llevándola casi al borde del dolor antes de llegar hasta su ombligo dejando el camino lleno de besos suaves sobre su estómago mientras descendía.

Debería haber gritado para impedir que aquella locura continuara, pero se sentía incapaz de pronunciar una sola palabra.

Necesitaba que la poseyera, lo ansiaba. Negárselo a él habría sido negárselo también a ella misma, y se maldijo por ceder mientras él la llevaba al límite y la mantenía allí.

Penetró en ella despacio, sintiendo cada centímetro de su cuerpo, y casi la hizo enloquecer. Él tenía el control. Le agarró las caderas y marcó un ritmo pausado, y cuando debería haberlo incrementado, simplemente bajó su boca hacia la de Ana y la atrapó en un beso.

Llegaron juntos al clímax y su cuerpos temblorosos saborearon el placer hasta que cesó. Él se quedó a su lado, la atrajo hacia sí con su fuerte brazo y le dio un beso en el hombro.

—Me encantan tus negativas, *pedhi mou*.

—Te odio.

—Oh, oh —empezó a besarle el codo y llegó hasta la muñeca.

—Celine...

—No tiene nada que ver en lo que nosotros dos compartimos —le aseguró, y sintió cómo se le aceleraba el pulso a ella.

—Ella no lo ve de la misma manera —él siguió besándola suavemente hasta que llegó al cuello.

—¿Quieres hablar de otra mujer, cuando la única mujer que me interesa eres tú?

Oh, Dios. Tenía la habilidad de volverla loca.

—Eso solo son palabras.

—¿Qué otra cosa quieres que diga?

«Te quiero». La silenciosa súplica le salió del corazón. Le hacía mucho daño saber que él nunca pronunciaría esas palabras.

Él alcanzó el edredón y lo extendió sobre ambos. Después le tomó la barbilla para obligarla a que lo mirase.

—Eres mía, *kyria*. Llevas a mi hijo dentro. Es suficiente.

Pero estaba equivocado. No era suficiente.

—¿Quieres continuar con esta conversación?

Le costó un gran esfuerzo conseguir que su voz sonara calmada.

—¿Por qué? —tragó saliva—. No hay nada que hablar.

Capítulo seis

ESTÁS decidida a ir a la tienda? Emiradas se cruzaron a través de la mesa del desayuno, y ella tomó un sorbo de té.

—Sí.

—¿Es un desafío, Ana?

Ella respiró hondo y espiró lentamente.

—Rebekah me ha puesto a recibir los pedidos, hacer el trabajo administrativo y atender el teléfono. Si es necesario, contrataremos a un ayudante. ¿Contento?

—No del todo.

—Lo siento.

—Estás jugando con fuego, *agape mou.*

Amor mío. ¿Acaso se imaginaba que podía convencerla de todo solo con una noche entre sus brazos?

—Nada ha cambiado, Luc.

—¿Te parece que no?

El sonido insistente del móvil la salvó de contestar. Leyó el mensaje, tomó su bolso y se levantó.

—Tengo que irme.

Él se acercó y le dio un beso que despertó todos sus sentidos.

—Que tengas un buen día.

Ana no supo que pensar del brillo divertido que había en sus oscurísimos ojos, ni del tono burlón de su voz.

Sin embargo, ambas cosas atraparon su atención mientras iba conduciendo hacia Double Bay. Si Luc se imaginaba que con el sexo lo resolvería todo, estaba equivocado, pensó mientras se detenía en un semáforo en rojo.

Se recriminó a sí misma haber sucumbido a la seducción de Luc y haber opuesto poca resistencia a hacer el amor con él. Solo con acordarse de su respuesta, el calor le recorrió las venas y el estómago le dio un vuelco.

En la tienda tuvieron tanto trabajo que incluso fue necesario encargar más género.

—Vete a comer —le dijo Rebekah—. Siéntate en una terraza y toma el aire. Puedes traerme un sándwich de pastrami con pan integral y una ensalada.

Hacía muy buen día y corría una brisa suave que hacía moverse las hojas de los árboles de la acera. No había ni una nube.

Double Bay estaba lleno de cafés y encontró sitio rápidamente en una terraza con las mesas protegidas bajo sombrillas.

Un camarero se acercó en seguida y le tomó nota. Hasta a aquel momento había tenido muy pocos síntomas del embarazo, aparte de unos ligeros mareos al levantarse. Pero el apetito le había cambiado, y le resultaba divertido tener que ceder a los deseos del bebé y hacer seis pequeñas comidas en vez de las tres que acostumbraba. Si no lo hacía así, tenía náuseas. ¡Estaba claro que era un bebé con un carácter fuerte!

—Ana.

Oh, Dios, Celine no. Pero era ella, sofisticada e impecablemente vestida, como siempre.

—No te importa compartir, ¿verdad?

Aquella era una pregunta de sentido dudoso. Seguro que quería que tuviese doble sentido.

—¿La mesa, Celine?

—Por supuesto, querida. Solo quiero un café —se sentó—. Y además tenemos que hablar.

—¿De verdad? —tuvo la tentación de ponerse de pie y marcharse, pero se quedó en su sitio—. ¿Sobre qué?

—Sobre Luc, desde luego.

¿Qué otro tema podría ser? Ana miró su reloj y le dijo:

—Tengo que volver a la tienda en unos minutos.

—Luc y yo estuvimos hablando ayer sobre el tema.

—¿De verdad? —percibió el brillo triunfante en la expresión de la otra mujer y enarcó una ceja—. ¿Una metedura de pata deliberada, Celine?

—Luc y yo hemos pasado muchos momentos juntos.

Ana ya había escuchado suficiente.

—Exacto, habéis pasado. Ya se terminó —se levantó y tomó la cuenta.

—No, y ya que lo mencionas, quizá debieras preguntarle a Luc por qué no quiere terminar con lo nuestro.

Se puso enferma al oír todo aquello, y la sensación se veía incrementada por sus propias dudas y por los comentarios venenosos de Celine en cuanto tenía oportunidad.

—Tienes que admitir que te has obsesionado por un hombre que no te desea —eran unas palabras duras, pero ya estaba harta de ceñirse a las buenas maneras—. Lo vuestro, como tú dices, había terminado antes de que te casaras y antes de que nosotros nos casáramos. Como dice Luc, estuvisteis poco tiempo juntos y fue él quien terminó la relación —se sintió un poco aturdida y mareada—. Yo no soy su dueña, y si quiere dejarme y divorciarse, es perfectamente libre de hacerlo.

Sin una palabra más, entró en el café, compró el sándwich para Rebekah y se dirigió a la tienda.

—Parece que estás destrozada —comentó su hermana cuando entró por la puerta.

—Debido a una invitada que no esperaba durante la comida.

—¿Celine?

—Acertaste —y le sonrió mientras se sentaba enfrente del ordenador.

—Llamó a la tienda para acorralarte. Esa mujer es como la peste.

—Tienes toda la razón.

—¿Qué vas a hacer con respecto a ella?

—¿Te refieres a aparte de volverme loca? —mandó imprimir los encargos de la tarde y la miró de nuevo—. Por ahora me las arreglo.

—Quizá deberías dejar que Luc se hiciese cargo de la situación.

—¿Quieres que vaya corriendo a contarle entre sollozos una historia patética, y que admita que no puedo enfrentarme a ella yo sola? No. Es problema mío.

A media tarde, Ana tomó nota de un pedido de flores y un servicio de arreglo floral para una casa el viernes por la tarde. Era un servicio que ofrecían y que se había hecho muy famoso entre las damas de la alta sociedad, cuando daban una cena o celebraban una fiesta. Los arreglos de aquel tipo solo podía hacerlos un profesional con experiencia, ya que eran complicados y requerían tiempo.

Sin embargo, el corazón le dio un vuelco

cuando anotó el nombre, la dirección y el número de teléfono de la clienta.

Celine.

No la había reconocido ni se habían saludado. Solo habían intercambiado la información necesaria.

La pregunta evidente era por qué había elegido Celine Blooms y Bouquets, si había muchas otras floristerías a las que podría haber recurrido.

Los motivos de aquella mujer eran sospechosos. Querría hacer daño, para variar.

—¿Qué te pasa? —Ana salió de su aturdimiento y le explicó con quién había hablado.

—Yo lo haré —dijo inmediatamente su hermana.

—No. Me encargo yo —obviamente, Celine no tenía ninguna intención de rendirse—. Es una batalla más de una guerra declarada.

—Luc no va a aprobarlo.

—No tiene por qué enterarse.

—Pero se enterará. Celine se asegurará de ello.

—Cumplir con su encargo es solo una cuestión de negocios.

—Es personal, y ambas lo sabemos.

—¿Y qué? ¿Qué es lo peor que puede hacer?

El apartamento de Celine estaba en una torre de viviendas en el exclusivo barrio de Rose Bay. Era más que evidente que el arreglo al que había llegado durante el divorcio había sido muy beneficioso para ella, dedujo Ana cuando entró a la suntuosa suite. El tema de decoración era el dibujo de la piel del leopardo, que estaba en la tela de los cojines y de las cortinas. También tenía pinturas de leopardos en varias posturas adornando las paredes.

Ana casi podía oír su gruñido, y silenciosamente atribuyó la decoración a la personalidad de Celine.

El saludo de Celine no fue amable, pero Ana no se esperaba nada mejor. Lo que había ido a hacer allí no tenía nada que ver con un arreglo floral, sino con algo que las dos mujeres querían. Sin embargo, tenía que seguir con aquella comedia y comportarse como una profesional.

—¿Empezamos? Me ayudaría bastante que me explicaras qué es lo que quieres.

Sacar lo máximo por el mínimo precio. Tuvo que hacerle un descuento y más tarde notó que todas sus sugerencias le parecían mal.

—¿Por qué no prestas más atención, Ana? —en aquella orden altiva no había más que arrogancia, y ya era hora de atenerse a la realidad.

—Lo que quieres conseguir es imposible por el precio que estás dispuesta a pagar.

—Entonces es que vuestro margen de beneficios es vergonzoso.

Ana tuvo la tentación de darse la vuelta e irse, pero los negocios eran los negocios.

—Rebekah y yo estamos orgullosas de la calidad del producto y del trabajo que ofrecemos, y nuestros precios son normales —guardó el folleto de las muestras en su maletín y añadió—: Te sugiero que consultes con otras floristerías.

—En realidad, no voy a perder más el tiempo en esto. Ponle el precio que quieras y lo aceptaré.

Ana detalló minuciosamente la factura, se la dio para que la firmara, separó el original de la copia para el cliente. Celine tomó el papel con sus uñas perfectamente pintadas.

—Por este precio, espero la perfección.

—Dudo que tengas ninguna queja —pero estoy segura de que harás todo lo posible por denigrar mi floristería y disfrutarás.

Ana pensó que debería haberle prestado atención a su instinto inicial de rechazar aquel encargo. ¿Por qué no lo había hecho? Había sido por la obstinación más absoluta de no dejar a Celine que venciera en ningún sentido.

—Espero que no creas que has ganado.

Por fin había hecho referencia al verdadero motivo de la llamada a la floristería.

—No sabía que estuviéramos en una competición.

—No me tomes por tonta.

—Nunca lo haría.

—Piénsalo, querida —la sonrisa falsa de Celine se tornó despreciativa—. Yo tuve a Luc antes que tú. Recuerda eso, y pregúntate si tú podrías alguna vez ser una sustituta adecuada.

—Sin embargo, tú te casaste con otro. A lo mejor fue porque Luc no te lo pidió.

—Miserable.

—Intenta conseguir una vida mejor, Celine, y sal de la mía.

—Ni lo pienses. No hay una sola cosa que puedas decir o hacer que me afecte.

—Estoy embarazada de Luc.

Celine enarcó una ceja.

—¿Y te crees que eso me va a hacer desistir?

—Perdóname, se me había olvidado que no tienes escrúpulos, ni moral, ni nada parecido.

—Muy bien, querida —se examinó las uñas y después atravesó a Ana con una mirada asesina—. No pienses que darle un heredero a Luc te proporciona ventaja —soltó una carcajada que era la antítesis del buen humor y recorrió de arriba abajo con la mirada la esbelta figura de Ana—. El embarazo no es un estado muy atractivo. ¿Y a quién piensas que acudirá Luc cuando parezcas una ballena andante?

—A algunos hombres les atrae la idea de concebir un hijo —contestó Ana con calma, arreglándoselas para disimular la furia que sentía.

—Pobre Ana —la condescendencia tiñó sus palabras—. Te engañas a ti misma si crees que Luc es uno de ellos.

Había llegado el momento de marcharse, antes de decir o hacer algo que luego podría lamentar.

—Buenas tardes, Celine —Ana salió del apartamento y solo se permitió demostrar la ira que sentía cuando estuvo en la calle.

Conectó el móvil y comprobó que tenía dos mensajes, uno de Luc y el otro de Rebekah. Llamó primero a su hermana.

—¿Algún problema?

—No, solo quería saber qué tal te había ido con Celine.

—Podría haber sido peor. Estaré en la tienda en un cuarto de hora.

Después, llamó a Luc e intentó controlar la emoción de su voz cuando él respondió.

—Dimitriades.

—Me has dejado un mensaje en el móvil.

—Sí. Quería decirte que Jace viene de Estados Unidos el domingo. Dile a Rebekah que venga a cenar con nosotros el lunes.

Los Dimitriades eran hombres de la misma pasta... Altos, morenos, de rasgos atractivos y duros, y dinamita con las mujeres. Y Jace Dimitriades no era ninguna excepción.

—¿Estás haciendo de casamentero, Luc?

—Lo ha sugerido Jace —respondió él, con una indolencia divertida, y Ana apretó los dientes consciente de la tensión que existía entre su hermana y el primo de Luc.

—No pienses que Rebekah va a aceptar.

Justo cuando llegó a la tienda sonó el teléfono y Rebekah contestó la llamada mientras Ana se sentaba en el ordenador.

—Era papá —le informó su hermana cuando hubo colgado—. Quiere que cenemos juntos esta noche. Dice que es muy importante —miró a Ana pensativamente y le preguntó—: ¿Tú tienes idea de lo que quiere decirnos?

No podía decirle la verdad completa, así que le contó solo una parte.

—Me comentó que tenía algunos contactos en Nueva York ayer, durante la comida.

—¿Y tú crees que está pensando aceptar algún trabajo allí?

—Es posible. Seguramente nos lo querrá contar esta noche.

Lo cual significaba que tenía que llamar a Luc y decirle que no iba a cenar a casa. Cuando lo llamó estaba en una reunión, así que le mandó un mensaje, y no se preocupó de comprobar si tenía mensajes hasta que llegó a casa.

—Luc se va a retrasar hasta las seis y media —le dijo Petros.

A aquella hora, ella ya estaría con su padre y su hermana, si tenía suerte.

—Gracias —le dijo al mayordomo.

Tomó una ducha y se puso un elegante traje color violeta. Se estaba dando los últimos toques de maquillaje cuando su marido entró en la habitación. Llevaba la corbata suelta y se había desatado algunos botones de la camisa. Tenía el aspecto de un magnate poderoso y sofisticado, y aquella apariencia escondía una fuerza elemental y la sensualidad de su carácter.

A Ana se le aceleró un poco el pulso cuando se acercó y le dio un beso que invitaba a mucho más.

Quería sonreírle y preguntarle: «¿qué tal el día?», y explicarle lo que a ella le había ocurrido, pero no hizo nada de aquello. Terminó de aplicarse el carmín y tomó su bolso y las llaves del coche.

—¿Recibiste mi mensaje?

Luc tiró la chaqueta encima de la cama y

95

empezó a quitarse los pantalones.

—Sí. Petros te llevará, y yo iré a recogerte.

—No digas tonterías. Yo conduciré.

—No —dijo firmemente—. No irás sola.

Ana sintió un ataque de ira.

—¡Ni lo pienses!

—Podemos hacerlo del modo difícil, pero el resultado será el mismo —su tono de voz era peligrosamente suave.

—¿No te parece que lo estás llevando demasiado lejos?

—No. ¿Es que quieres dar vueltas y más vueltas buscando aparcamiento, ir sola hasta el restaurante, y después repetir el paseo a altas horas de la noche? ¿Tú crees que voy a dejar que suceda eso?

Se quitó los calzoncillos y se dirigió totalmente desnudo hacia el baño.

Ana tuvo la tentación de seguirlo para no dejarle que tuviera la última palabra, pero no lo hizo. No tenía tiempo ni ganas, así que bajó las escaleras.

—Tienes que hacer de chófer —le dijo a Petros.

—Luc solo quiere lo mejor para usted —le dijo el mayordomo cuando se metían en el Mercedes.

—Es un dictador y un tirano.

El coche salió del garaje y llegó a las puertas de la finca.

—Usted es la esposa de un hombre muy rico que prefiere tomar precauciones antes que correr riesgos innecesarios.

—¿Así que yo tengo que callarme y hacer lo que me diga como si fuera su mascota?

—Algunas otras estarían agradecidas.

—Pues a mí, en concreto, no me gusta que me den órdenes.

Llegaron a New South Head Road y Petros le preguntó:

—¿Dónde está el restaurante, señora Dimitriades?

Lo irónico del asunto era que no habían quedado en la ciudad, sino en Double Bay. Ana le dijo el nombre del restaurante y él la dejó en la entrada.

Su padre y Rebekah ya estaban sentados a una mesa, y los saludó con cariño. Después ella pidió agua mineral y estudió la carta.

—He puesto en venta el apartamento, y me voy a Nueva York mañana —les contó William Standford cuando el camarero hubo tomado nota de los platos.

Rebekah empezó a hacer preguntas claras y rápidas, y su padre no pudo contestar satisfactoriamente a pesar de sus esfuerzos.

Cuando William pagó la cuenta y se marchó para hacer las maletas, Rebekah pidió un café.

—Tú ya lo sabías, ¿verdad?

—Sabía lo de Nueva York.

—¿Y por qué tanta prisa? Y no me trago que necesite vender el apartamento. Tiene algún problema, y si Luc está involucrado, es que tiene que ver con el trabajo en el banco. Dime la verdad completa, y no lo que tú crees que yo debería saber.

Ana le explicó palabra por palabra lo que su padre le había contado a ella durante la comida, unos días antes.

—Muy bien. Ahora prométeme que tú no has tenido nada que ver en la decisión de Luc de no demandar a papá. Lo mataría si me entero de que te ha obligado a seguir con un matrimonio que tú ya no quieres.

Su hermana era demasiado lista.

—Yo quería terminar con el comportamiento de Celine.

—¿Y eso es todo?

Era todo lo que Ana podía admitir, y tuvo que resistir la tentación infantil de cruzar los dedos por detrás de la espalda para conjurar el efecto de la mentira.

—Sí.

De repente le vino algo a la memoria.

—Casi se me olvida. Luc ha dicho que vengas a cenar el lunes con nosotros.

—¡Qué amable! Convence a Petros de que haga *mousaka* y yo le llevaré un ramo de flores.

—No sé si Luc ha planeado una cena fuera de casa. Le preguntaré y te lo diré. Y hay algo más... Su primo Jace va a venir de Nueva York y también va a la cena.

—En ese caso, no —la negativa de Rebekah fue rotunda.

—¿No, por Jace?

—No soporto a ese hombre.

—¿Por qué? ¿No os caéis bien? —parecía que había algo que Ana no sabía. Rebekah lo había conocido durante una de sus visitas previas a Sidney, y que ella supiera, no habían salido juntos.

—Ese es el eufemismo del año —gruñó su hermana, y Ana le preguntó:

—¿Y no te has preguntado por qué?

—Oh, por supuesto, querida hermana —había amargura en su voz—. Sé exactamente por qué, y no me apetece reflexionar sobre ello.

Ana se quedó en silencio unos segundos mientras medía cuidadosamente sus palabras.

—Quizá debieras hacerlo.

Rebekah le lanzó una mirada asesina.

—No hagas de psicóloga.

—No era mi intención.

—Oh, maldita sea —Rebekah se arrepintió porque no había querido reaccionar así—. Iré a la cena. Será todo un placer poner a

Jace Dimitriades en su sitio.

Ana empezó a sentirse muy cansada.

—Voy a llamar a un taxi —dijo, y sacó el móvil de su bolso.

—¿No has traído tu coche? Yo te llevo.

Luc la estaba esperando cuando Rebekah detuvo el coche en la puerta.

—Tu ángel de la guardia —se inclinó hacia delante y le dio a Ana un beso en la mejilla—. Hasta mañana, y gracias.

—¿Por qué?

—Por ser tan buena hermana.

Ana salió del coche y le dijo adiós a Rebekah con la mano. Entró en el vestíbulo y se encontró con la mirada escrutadora de Luc.

—He estado esperando a que me llamaras.

—¿Para qué iba a llamarte? Rebekah se ofreció a llevarme —le respondió razonablemente.

—Es tarde.

—Nos quedamos un rato charlando.

Él se fijó en su palidez y en las ojeras que tenía.

—Deberías haber vuelto un poco más pronto.

—Déjame —le advirtió—. No me vuelvas a repetir lo mismo.

Los sucesos del día, Celine, recordar otra

vez el error que había cometido su padre, no haber sido totalmente sincera con su hermana... Parecía que todo aquello le estaba causando un terrible dolor de cabeza. Además sentía mucho cansancio, y no era una buena combinación.

—Vete a la cama. ¿Quieres que te lleve algo?

Quería decirle «solo a ti», como antes de que Celine apareciera en escena, pero no pronunció aquellas palabras. Se limitó a sacudir la cabeza, muy afectada por la aparente preocupación que él sentía.

Se metieron en la cama al mismo tiempo. Él apagó la luz y la atrajo hacia sí. Sofocó su débil protesta con un beso, moviendo la lengua de una forma que le hizo desear mucho más. Trazó la silueta de su figura grácil con las manos, sintiendo la ternura de sus pechos y su respuesta temblorosa mientras viajaba por su vientre hacia el centro de sus muslos.

La hizo sentir placer con sensibilidad, y finalmente ella se unió a su ansia hasta que sus cuerpos se fundieron en uno.

Después se quedó dormida en sus brazos, sin saber que él se quedó despierto reflexionando en la oscuridad.

Capítulo siete

ANA siguió a la camioneta de reparto hasta el edificio de Celine, y cerró el coche mientras el chico de los repartos transportaba los cubos llenos de flores.

—¿Eso es todo, Harry?

—Todo.

—Muy bien, vamos.

Harry hizo el trabajo duro y se marchó, y después Ana se instaló en el fregadero para trabajar.

—Espero que no lo ensucies todo.

Ana dirigió la mirada desde las flores que estaba separando y arreglando hasta los ojos de Celine y le sonrió agradablemente.

—El desorden será mínimo, y solo en esta parte de la cocina.

Con media hora habría sido suficiente, pero tuvo que invertir el doble porque Celine cambió de opinión acerca del arreglo que quería.

Si Ana hubiera sido mezquina, habría pensado que era una conducta deliberada para poner su habilidad en entredicho. Pero se repitió mentalmente «el cliente siempre tiene la razón» varias veces y mantuvo una actitud muy profesional. Aunque fue muy difícil.

Tuvo que cambiar su trabajo por lo menos tres veces hasta que finalmente Celine dio su aprobación con reticencia. Después, Ana empezó a limpiar el fregadero y a ordenarlo todo. No tardó mucho, y salió al vestíbulo con los cubos vacíos y su equipo en una bolsa.

—Ten cuidado, querida —le advirtió Celine fríamente mientras salía por la puerta—. Yo juego para ganar.

—¿Y no te importa a quién haces daño?

—En absoluto.

—Y naturalmente, Luc es el premio.

—Por supuesto.

—Has descuidado un detalle de tu plan.

—¿Cuál?

—La voluntad de Luc.

—No lo entiendes, ¿verdad? —le preguntó Celine—. A los hombres del calibre de Luc no les importa nada tener una amante.

—Siempre y cuando su esposa haga la vista gorda a cambio de mantener su prestigio social y una ilimitada cuenta bancaria.

—Podría ser peor.

—Lo siento, Celine, pero eso no es lo que yo quiero para mí ni para mi hijo.

—¿Eso es tu declaración de principios?

—Por descontado.

Salió del apartamento con la sensación de

haberse comportado con dignidad, y bajó al aparcamiento.

Era tarde cuando llegó a casa, y el Mercedes de Luc no estaba en el garaje. En el móvil tenía un mensaje de texto que le decía que una reunión de negocios se le había alargado y que tendrían que continuar después de la cena.

Cuando entró en la casa, Petros le dio la misma información, y la hizo pasar a la cocina.

—He hecho sopa de verduras y carne guisada.

Oliver apareció tras la puerta y se frotó contra su pierna. Ana se agachó y le rascó detrás de la oreja.

—Antes de cenar voy a ducharme. Bajaré en quince minutos.

Aquella noche cenó dentro de la casa, y después vio una película en la televisión. A las nueve, Petros le llevó un té y se retiró a su habitación.

Cuando terminó la película se acostó, después de dejar a Oliver durmiendo en su cesta. Mientras se desvestía, pensaba en el comportamiento quisquilloso de Celine con respecto al arreglo floral de su casa. Tenía una cena aquella noche, había dicho. Se preguntó quiénes serían los invitados.

Entonces se quedó helada.

No. No era posible. Luc había dicho que tenía una cena de negocios y ella lo creía. Él no podía ser uno de los invitados de Celine.

Sin embargo, la sombra de la duda se cernía sobre ella, y durante la hora siguiente oscureció por completo su pensamiento. La imaginación era una cosa horrible, pensó Ana mientras daba la enésima vuelta en la cama.

Las once y cinco. Así que estaba siendo una cena relajada, con café y sobremesa.

A las once y media, todavía no se había dormido, y ya estaba totalmente convencida de que estaba siendo una reunión demasiado larga. ¿Y si en realidad no fuera ninguna reunión?

Maldito Luc. Si había ido a cenar al apartamento de Celine, lo mataría. Imaginó la discusión que tendrían y todas las acusaciones que iba a hacerle. Después pondría unas cuantas cosas en una maleta y se iría de su casa y de su vida, y nunca volvería.

Luc Dimitriades nunca vería a su hijo, ni a ella, y...

El sonido del teléfono la sacó de sus pensamientos y descolgó el auricular.

—¿Luc?

—Ya va para casa, querida —la voz de Celine era una especie de ronroneo—. Solo pensé que debía avisarte.

Ana oyó un clic y la conversación terminó. Cuando colgó, soltó un juramento. Desgraciado. ¿Cómo había podido hacerlo?

Le habría resultado muy fácil, pensó.

Apagó la luz y se metió en la cama. Miró al techo durante un rato eterno. Se imaginaba a Luc compartiendo la mesa con Celine y conversando con los demás invitados. O quizá no habría habido más invitados, y había sido una cena para dos.

Y después... Dios, no quería pensar en lo que habría ocurrido después.

Le había prometido fidelidad. ¿Sería cierto que había roto la promesa? En realidad, no tenía muchas posibilidades de que él lo admitiera.

Oyó un suave ruido y se quedó sin respiración, completamente rígida mientras se abría la puerta de la habitación y después se cerraba.

Él no encendió la luz, y unos segundos después Ana oyó que se desvestía.

Se metió en la cama desnudo, como siempre acostumbraba, y ella tuvo la imagen mental de su cuerpo alto y musculoso, de la anchura de sus hombros, de la cintura y las caderas delgadas y las piernas fuertes y poderosas.

La sospecha de que había estado con Celine encendió su furia, y el roce de su muslo y de sus brazos cuando se acercó para abrazarla provocó una reacción instantánea.

Le clavó el codo en las costillas con un movimiento rápido que lo tomó por sorpresa, y dejó escapar un quejido cuando le dio una patada con el talón en la espinilla, con todas sus fuerzas.

—¡Ni se te ocurra tocarme! —y acto seguido dio un grito cuando él la tomó los brazos con ambas manos para acercarla—. ¡Suéltame, sinvergüenza!

Era demasiado grande y fuerte como para que ella pudiera escapar, y evitó cualquier otro intento de patearle las espinillas atrapando las piernas de Ana entre las suyas. Sin ningún esfuerzo rodó por la cama hasta quedarse boca arriba con Ana encima, y alargó un brazo para encender la lámpara de la mesilla.

Estaba maravillosa con toda su furia, observó Luc con los ojos entrecerrados. Tenía el pelo suelto y alborotado, las mejillas rojas y los ojos brillantes.

—Y ahora, explícame qué es lo que ocurre.

Ana se retorció y consiguió liberarse una de las manos, y sin pensarlo estampó la palma sobre una de sus mejillas. El sonido sonó muy fuerte en el silencio de la habitación, y una parte de ella sintió horror por haber culminado toda su ira en una bofetada de venganza.

Abrió mucho los ojos al ver cómo su expresión se endurecía y dejaba traslucir su enfado.

—¡Suéltame!

—No, *pedhaki mou*.

—Me estás haciendo daño.

—No. Estoy teniendo mucho cuidado para no hacerte daño —no tenía que hacer ningún esfuerzo para sujetarle las manos, y con un acto reflejo esquivó el mordisco que ella intentó darle en el hombro—. Estate quieta. Solo vas a conseguir hacerte daño.

—Vete al infierno.

—Últimamente me envías allí con demasiada frecuencia —su voz tenía un acento odioso que la hería insoportablemente—. Esta no es la primera vez que tengo que ir a una reunión y llego tarde a casa. ¿Por qué has reaccionado así hoy?

Quería golpearlo y lo intentó, pero no consiguió nada.

—¡Cómo si tú no lo supieras!

—Si lo supiera, no tendría que preguntártelo.

Ana intentó liberarse, pero no pudo.

—Te odio.

—¿Por qué? —cada vez estaba más enfadado.

—Esta tarde me he pasado una hora en el apartamento de Celine haciendo un arreglo floral para una cena que tenía esta noche —lo fulminó con la mirada—. Hace veinte minutos que me ha llamado para decirme que ya estabas de camino hacia acá.

Luc se quedó rígido.

—¿Creías que estaba con Celine? —su voz tenía un tono demasiado tranquilo para ser real.

—Une tú mismo los cabos.

—¿Piensas que te mentiría?

Ella no pudo contestar. Parecía que había perdido la voz temporalmente.

—O mucho peor, ¿que vendría de su cama a la tuya?

Atrapó su cara y la miró con los ojos oscurísimos.

—¿Y tú crees que yo voy a aceptar tu palabra incondicionalmente?

—¿Por qué te resulta tan difícil?

—Porque no tengo fe ciega en ti —Ana habló con escepticismo—, ni soy una ingenua. Por favor, no insultes mi inteligencia.

Él controló su ira con dificultad.

—¿Por qué iba a salir a comerme una hamburguesa cuando tengo un solomillo en casa?

—Gracias por la analogía.

—¡*Cristos*! —exclamó él, y Ana se estremeció—. Esto ya ha llegado demasiado lejos.

Se levantó de la cama ágilmente y fue hacia un mueble que había al lado de la ventana. Encendió una lamparilla y sacó una agenda. Buscó un número y lo marcó.

Ana se dijo a sí misma que no iba a escuchar la conversación, pero tendría que haberse tapado los oídos con las manos para no oír el sonido de su voz.

Fueron unas palabras duras e inflexibles, sin ningún intento de mantener las formas, que llevaban implícitas la advertencia de cesar con el acoso verbal. De lo contrario, Celine tendría que enfrentarse a la ley.

—Y ahora cuéntamelo todo. Desde el principio.

—¿Celine?

—Todo, Ana. Cada palabra y cada acusación. No te calles nada.

A ella le llevó un rato explicárselo, y una vez que hubo terminado, se quedó pálida al ver su expresión.

—¿Eso es todo?

La mayoría... excepto el tono de voz y la intención venenosa.

Él quería vestirse otra vez, tomar las llaves e ir al apartamento de Celine y entregarle una demanda judicial. Pero aunque podía sacar a su abogado de la cama, había que ser riguroso con los trámites legales, y a esa hora de la noche no se podía hacer nada.

—Deberías haberme contado todo esto mucho antes.

—Creo que sí. Por lo menos, una parte —se corrigió, y él la miró con enfado.

—No va a volver a molestarte.

Ana apostaba a que sí. Dudaba mucho que Celine fuera a desaparecer de su vida de la noche a la mañana. Ana le había asestado un buen golpe, y la venganza no se haría esperar.

Luc se metió en la cama y la abrazó.

—Nunca vuelvas a ocultarme nada.

La besó y una fuerza primitiva invadió sus sentidos y derrumbó todas sus defensas. Luc suavizó sus labios y le transmitió el erotismo al que ella intentó resistirse débilmente. Estaba hambriento, y la acarició con una habilidad devastadora, obligándola a rendirse hasta que sintió que había aceptado lo que él quería.

Le quitó la camiseta y trazó la silueta de sus pechos, observando cómo se le dilataban las pupilas a medida que la voluptuosidad se extendía por su cuerpo. Jugueteó y acarició primero un pezón y luego el otro, y ella respiró hondo cuando notó que su mano viajaba por la cintura.

Con suavidad se puso encima de ella y la penetró lentamente, controlando la fuerza de cada impulso hasta que ella casi se volvió loca de ansia. Lo besó por todo el pecho e inclinó la cabeza para alcanzar el pezón masculino y darle un mordisco de amor que hizo que Luc gimiera.

—¿Así que quieres jugar?

Entonces fue ella la que gimió de gozo mientras él seguía un ritmo que hechizó cada parte de su cuerpo, y empezó a rogarle hasta que la hizo volar muy alto y la mantuvo allí hasta que descendieron juntos de las cimas del placer.

Durante un rato ella no se movió, y se abandonó en sus brazos a las delicadas sensaciones que le produjeron sus dedos acariciándole la espalda, el suave roce de sus labios en la sien y sus tiernos besos en el cuello.

Un poco después, él se puso a su lado, se levantó de la cama y tomó su cartera de la chaqueta del traje. Sacó un comprobante de una tarjeta de crédito y se la mostró.

—Mira, es del restaurante del Ritz. Reservé una mesa para cuatro. ¿Quieres que llame a Henri, el maître, para que te lo confirme?

Aquella era una prueba irrefutable; coincidían la fecha y la hora.

—Te debo una disculpa —no era fácil decirlo, ni mirarlo a los ojos, pero ella lo hizo y no dejó que su mirada se desviase.

Para alguien tan traicionero y decidido como Celine, no habría resultado nada difícil descubrir los planes de Luc, darle dinero al camarero para que la avisara cuando él hubiera terminado la cena en el restaurante, y después llamar a Ana.

—Aceptada.

Capítulo ocho

EN cuanto tomó el coche y se metió en el tráfico, Ana se dio cuenta de que debería haber hecho caso del consejo de Rebekah y haberse marchado antes de la tienda. Iba a llegar muy tarde.

Demonios. ¿Por qué yo? A Luc no le iba a gustar aquello. Tenían que asistir a la fiesta que daba un prestigioso recaudador de fondos para obras benéficas, y el conferenciante invitado era un ex presidente de los Estados Unidos.

Asistirían las personas más importantes de la sociedad australiana, incluida Celine. Ana esperaba con todas sus fuerzas que no las hubieran colocado en la misma mesa.

Miró la hora y decidió llamar a Luc. Él contestó la llamada al primer tono, y el sonido de su voz le alteró el equilibrio. Tenía un efecto devastador en su organismo: hacía que se le acelerara el pulso, le faltaba el aire, y sentía el calor de un agudo impulso sexual al recordar la intimidad que compartían. Solo tenía que pensar en él y cientos de imágenes eróticas invadían su imaginación.

«Contrólate», se reprendió a sí misma.

—No voy a decirte que tenías que haber salido antes de la tienda.

—Por favor, ya lo sé. Llegaré a casa en cuanto este atasco empiece a deshacerse.

Llegó a casa con menos de diez minutos para ducharse, vestirse y maquillarse. Tendría que ocurrir un milagro.

Consiguió hacerlo en media hora. Se puso un vestido de seda rojo de tirantes. Después, se onduló ligeramente el pelo, se maquilló y eligió las mínimas joyas con ojo de experta.

Luc ya estaba vestido, esperándola en el salón, cuando ella había llegado a casa. Entró en la habitación y ella aguantó su examen con cierta incertidumbre.

¿Sería el vestido demasiado exagerado? Se había enamorado de él al verlo en un desfile. Lo había comprado siguiendo un impulso, junto con un par de sandalias de tacón y un bolso de noche, y todavía se preguntaba si no habría sido una locura gastar tanto dinero.

—Si lo que querías eran exclamaciones de admiración, lo has conseguido.

¡Había tenido éxito! Le dedicó una sonrisa resplandeciente.

—Ah, un cumplido.

Él también estaba deslumbrante. Tenía una seguridad en sí mismo y una elegancia que, combinadas con su figura, lo hacían diferente de los demás hombres.

A Ana le brillaron los ojos con un placer perverso.

—Si te lo devuelvo, se te subirá a la cabeza. ¿Nos vamos?

—Sí —cruzó la habitación hasta que llegó a su lado—. Pero primero... —bajó la cabeza porque necesitaba sentirla, saborearla, y la besó de una forma que casi la hizo perder la compostura, tal y como él quería.

El hotel donde se celebraba el acto benéfico estaba abarrotado, y la calle atestada de tráfico, y había guardias de seguridad por todas partes. Los fotógrafos estaban muy ocupados intentando captar instantáneas de los invitados.

Ana pensó que era la hora de sonreír. Todo era brillo y glamour, joyas caras, perfumes exóticos y el zumbido de la conversación. Luc la tomó de la mano y fue abriéndose paso hasta llegar a su mesa.

Se sentaron justo cuando el maestro de ceremonias comenzó a hablar, y ella pudo atisbar al ex presidente en la mesa de los VIP. En su mesa, la conversación era interesante y variada, y ella fue muy consciente de la presencia de Luc a su lado.

Anoche... «No pienses en eso», le advirtió una vocecita interior. Le resultaba difícil no acordarse de toda la ira que había sentido, la rabia, y su reacción física. Acordarse de que le había dado una bofetada la asombraba.

Durante todo el día, había estado intentando evitar aquel pensamiento mientras atendía los pedidos y a los clientes en la tienda.

En aquel momento pensó en todas las acusaciones que le había hecho... y en el resultado. ¿Cómo era posible odiar a alguien, arrepentirse completamente unos momentos después, y hacer el amor con él como si nada importara excepto ellos dos?

Era como una montaña rusa emocional.

—Un hombre asombroso, ¿verdad? Nadie se imaginaría, viéndolo ahora, que una vez tuvo el destino de su nación en las manos —el invitado se inclinó para hacerle una confidencia a Ana—. Aparte de nuestro presidente, todos los demás de su mesa son guardias de seguridad.

—Supongo que habrá guardias de seguridad por toda la sala —asintió Ana amablemente.

Al final del primer plato, Ana se levantó de su sitio y fue en busca del tocador. Se puso delante del espejo para retocarse los labios.

—No vuelvas a ir lloriqueando a Luc, querida.

Celine, en una misión. Y no había duda de cuál era el objetivo.

—¿Por qué piensas que lo hice?

—Oh, por favor. Luc y yo no tenemos secretos.

—¿No tienes nada mejor que hacer? —Ana esperaba que no le temblase la mano.

—¿Mejor que qué, en concreto?

—Que meterte en la vida de los demás. De la mía principalmente.

—No me puedo creer que no consiga hacerte entender nada.

—Oh, claro que lo consigues, Celine. Es una pena que pierdas tanto tiempo y tanta energía.

—Luc es...

—Libre de elegir, Celine, y parece que me ha elegido a mí.

—¿Solo porque llevas una alianza y estás embarazada? ¡Qué ingenua eres, querida!

Ana cerró la barra de carmín y miró a la cara a su enemiga.

—No tengo nada más que decirte —y empezó a retirarse. Pero la otra mujer la agarró de la mano—. Quítame las manos de encima.

—Podría enumerarte un sinfín de esposas de grandes hombres de negocios que hacen la vista gorda ante las aventuras de sus maridos.

—Ya te he dicho que yo no soy una de ellas —tenía que permanecer calmada. Si perdía el control, aquella discusión podría derivar en una pelea física.

Celine le clavó las uñas a Ana en el brazo.

—Luc me ha llamado hoy y me ha dicho que no podremos vernos en una temporada porque se lo estás poniendo muy difícil —en su sonrisa había un aire de venganza que resultaba inquietante—. No ha sido muy inteligente por tu parte, querida.

—Si continúas con esto, Celine, vas a ir a los tribunales.

Le dio un terrible pellizco a Ana y la tiró de la muñeca.

—Luc nunca lo permitirá.

Ana consiguió soltarse, se dirigió hacia la puerta y allí se detuvo para decirle:

—Quizá sea un buen momento para decirte que yo estaba ayer en la habitación cuando Luc te llamó —salió del tocador y volvió a la gran sala.

El ex presidente ya había empezado su discurso. Luc le lanzó una mirada escrutadora cuando se sentó, y después volvió a prestarle atención a las palabras del conferenciante.

Cuando terminó, hubo un rato de aplausos entusiastas, y los camareros se apresuraron a servir el postre.

—¿Estás bien?

—Qué solicitud, Luc.

—Déjame que lo adivine. Celine te ha atrapado en el baño.

—Acertaste.

—¿Acaso le has dicho que te dejara en paz y se ha vengado?

—Tienes poderes sobrenaturales.

—Solo me preocupa...

—¡No vayas a decirme que te preocupas por mí! —no quiso decirlo con amargura, pero vio que su mirada se endurecía. Le tomó la mano y entrelazaron los dedos, agarrándola con fuerza cuando intentó liberarse.

—Ya hablamos de esto anoche.

—¿De veras? Creía que solo nos habíamos acostado.

—También.

Después del café, él dijo:

—Te llevo a casa.

—No quiero marcharme todavía. Escapar no es la solución.

—Ni tampoco una discusión airada en público —replicó él secamente, y ella arqueó la ceja con delicadeza.

—¿Es que estamos a punto de tener una?

—Cuenta con ello.

Ana tomó otro azucarillo y se lo puso en el té.

—Energía extra para la batalla.

—No me presiones.

—Estoy temblando de miedo.

—Qué valiente.

Aquel comentario burlón le molestó mucho a Ana.

—¿Qué vas a hacerme que no me hayas hecho ya?

Algo cambió en su mirada, y Ana sintió un escalofrío.

—Ten cuidado, *pedhi mou*.

No quería traspasar los límites de las buenas maneras, y se enfrascó en una animada conversación con su compañero de al lado. Después, cuando Luc le indicó que ya era hora de marcharse, le respondió con toda la amabilidad posible.

Casi le dolía la cara de mantener tanto tiempo la sonrisa para saludar a todos los conocidos que se encontraron de camino al coche, y durante el trayecto a casa, no dijo ni una palabra.

Subieron a la habitación en silencio, y ella se sentó para quitarse la cadena de oro del cuello, pero no podía, así que Luc se acercó.

—Déjame probar.

Sintió la calidez de sus dedos en la nuca y tuvo la tentación de apartarse, pero estaba segura de que aquel gesto empeoraría la situación.

Consiguió desatarle la cadena en segundos, y ella se volvió para mirarlo a la cara.

—¿Quieres pelea, o acordamos una tregua?

Respondió con ganas de venganza.

—Lucha.

—Entonces pega tú el primer puñetazo.

Le dio con el puño en el pecho, sintió sus músculos y... se hizo daño en los nudillos.

—Se supone que tendrían que fallarte las rodillas y tendrías que caerte al suelo.

—¿Quieres intentarlo otra vez?

Se estaba divirtiendo, el muy maldito. Le lanzó una mirada torva mientras se acariciaba la mano para aliviar el dolor.

—En realidad no.

Entonces él puso las palmas de las manos sobre sus hombros y le deslizó los tirantes del vestido hacia abajo. Después, le bajó la cremallera y el vestido cayó sobre la alfombra. Ana se quedó solo con un tanga y los zapatos de tacón, y él contuvo la respiración al contemplar la bella simetría de su cuerpo esbelto.

Tenía la piel blanca y suave, los pechos firmes, la cintura muy estrecha y muslos bien definidos.

Luc sintió ansia por acariciarla, dibujar las curvas de su cuerpo con las manos, saborearla y después hundirse en ella y absorber su clímax tembloroso; compartir el placer mutuo que podían proporcionarse.

Luc le tomó la cara y le dio un beso... y soltó un gruñido cuando sintió que le incrustaba el puño en las costillas.

—Esto es el elemento sorpresa.

Su represalia fue rápida, y Ana soltó un grito ahogado cuando él la levantó del suelo y se colocó sus piernas sobre las caderas. Sin soltarla, consiguió quitarse primero un zapato, después el otro y desabrocharse el cinturón de los pantalones. Se quitó la camisa y la tiró al suelo, y después se quedó inmóvil observándola.

El calor y la dureza de su erección la presionaban a través de la seda que la cubría. Él metió el dedo delicadamente entre la delgada tira del tanga y se deshizo de él.

Dios Santo. No tenía medida ni control. Solo una pasión y una necesidad fiera de consumar lo que habían empezado.

Ana esperó el momento en el que se hundiría en ella, y sintió cómo la hacía girar lentamente contra él, frotando la parte más sensible de su cuerpo contra la suavidad de su miembro viril.

—Luc... —casi no podía hablar, se sentía incapaz de pronunciar palabra. Estaba totalmente inmersa en una espiral de sensaciones que la hizo gemir.

Justo cuando pensaba que no podría aguantarlo más, él anduvo hacia la cama y la depositó sobre el colchón.

Solo pudo gruñir cuando él atrapó su boca en un beso profundo que duplicaba el acto sexual. Intentó alcanzarlo, pero él evitó su caricia y empezó a trazar el camino entre sus pechos con los labios, y después saboreó los pezones recreándose hasta que ella gritó con una mezcla de dolor y placer.

Descendió hasta el ombligo y continuó despacio hasta darle el beso más íntimo de todos.

Quería que le rogase que la poseyera, que sintiera el hambre, el deseo, que lo necesitara tanto como él a ella.

La pasión era mágica. A Ana se le derramaron lágrimas por las sienes y se perdieron entre su pelo mientras deseaba con intensidad la liberación que solo él podía proporcionarle.

Empezó a temblar. Él elevó la cabeza para admirar la expresión de su cara en pleno placer, y se acercó para besarla de nuevo en la boca.

Entonces se deslizó dentro de ella delicadamente, despacio, sintiendo su piel centímetro a centímetro con impulsos lentos que culminaron en el éxtasis.

Después la abrazó fuertemente y le acarició la espalda con la suavidad de una pluma para calmarla hasta que su respiración se hizo regular.

—Despiértate.

Ana oyó la voz de Luc y abrió los ojos. Era

domingo por la mañana, no tenía que ir a la tienda y no tenía ni la menor intención de levantarse... Miró el reloj. Eran las ocho en punto.

Lo miró y vio que ya se había duchado y se había vestido con ropa cómoda. Tenía una vitalidad peligrosa y una masculinidad que podía romper el equilibrio mental de cualquier mujer, especialmente a aquella hora de la mañana.

—Por tu bien, espero que tengas una buena razón para decirme que me despierte.

Luc señaló a la bandeja que había en la mesilla.

—Té, tostadas y fruta.

Se incorporó y se sentó en la cama, dándose cuenta de que estaba desnuda. Se tapó con la sábana.

—¿Tú has hecho todo esto?

Él también se sentó en el borde de la cama.

—No lo digas tan sorprendida.

—Gracias —sus labios se curvaron en una ligera sonrisa—. Así que parece que quieres sacarme de la cama, en vez de tenerme dentro... ¿Qué pasa?

—He planeado salir hoy con el barco.

El barco era un lujoso yate que estaba amarrado en el puerto deportivo, así que evidentemente lo había planeado con antelación.

—¿Has invitado a alguien más?

—No.

La cosa se ponía cada vez mejor.

—¿Y a qué hora quieres salir?

—En cuanto estés lista.

Estaba preciosa, con el pelo despeinado, el cutis relajado por el sueño y los ojos profundos y brillantes. Alargó la mano y le puso un mechón de pelo detrás de la oreja.

Necesitaba pasar tiempo con ella para arreglar el daño que Celine les había hecho.

—¿Vas a quedarte ahí sentado mirándome comer?

Estaba totalmente relajado, y aun así tenía una sensualidad que le despertaba los sentidos.

—Yo ya he desayunado.

Entonces ella se tomó tranquilamente un té y una tostada, y después una naranja.

—Necesito una ducha.

Él le acercó su bata de seda.

—Te espero abajo en... ¿veinte minutos?

Se duchó y se puso unos vaqueros y una camiseta sobre el bikini, todo en menos de quince minutos.

Cuando salieron a la calle, el cielo estaba azul, no había ni una sola nube y hacía una temperatura muy agradable. El yate de

Luc era un barco elegante con un baño, una cabina espaciosa y un camarote. En cuanto estuvieron en cubierta, Luc bajó, puso en marcha los motores, y salieron a navegar a mar abierto. Ana admiró los acantilados y las mansiones que se veían a lo lejos, desperdigadas por la costa entre ensenadas y pequeñas calas.

—¿Vas a ir a buscar a Jace al aeropuerto?

—No, el vuelo aterriza tarde. Va a ir en taxi al hotel y me llamará por la mañana.

Cuando el sol estaba bien alto en el cielo, Luc paró los motores y echó el ancla.

—Hora de comer. ¿Te apetece en la cabina o aquí?

—Aquí fuera —dijo Ana sin dudarlo. Petros había estado muy ocupado preparándoles el festín: varios tipos de ensaladas, pollo asado, jamón y fruta. Lo dispusieron todo sobre unos platos y se sentaron en unos cojines a comer.

Mientras disfrutaban de la comida, Ana pensó que hacía solo una semana estaba en un lugar diferente, intentado poner orden en la confusión de sus sentimientos.

¿Habría ido Luc a buscarla si no hubiera sabido que estaba embarazada? Y si ella hubiera pedido el divorcio, ¿habría insistido en la reconciliación, o simplemente habría llamado a su abogado?

Quería las respuestas, pero no tenía el coraje de formular las preguntas y tampoco quería estropear el día ni romper la frágil tregua que se habían concedido. ¿Qué podría pasar si Luc le contestaba cosas que ella no quería oír? No sabía si realmente le importaba y se preocupaba por ella, o si era una esposa por conveniencia que se adecuaba a todas sus necesidades.

En la cama se entendían perfectamente. Pero aparte de eso, se pasaba el tiempo intentando convencerse de que debía conformarse con lo que tenía. Y una semana antes, había tenido varias opciones entre las que elegir. Sin embargo, él se las había arrebatado.

—Valoro lo que es mío. Eso por descontado.

Pero valorar no era lo mismo que amar, pensó Ana. ¿La habría seguido sin saber que iba a tener un hijo suyo?

—Sí.

Abrió mucho los ojos bajo los cristales de las gafas de sol.

—¿Puedes leer el pensamiento?

—Tienes una cara muy expresiva. Sí. Te habría traído de vuelta a Sidney. Y no, no solamente por haber descubierto que estabas embarazada, ni para vengarme del delito que cometió tu padre.

Quería creerlo desesperadamente. De repente, el repetitivo sonido del móvil los interrumpió. Era un mensaje del padre de Ana confirmando que había llegado bien a Nueva York y dándole la dirección del hotel y su número de teléfono. Ana llamó a Rebekah para darle las noticias, y después recogió los platos mientras Luc encendía los motores de nuevo y ponía rumbo a Botany Bay.

Ella se quedó en bikini y se puso crema protectora en cada centímetro de piel que exponía al sol. Después se tumbó sobre una toalla a leer un libro, y dejó que la brisa marina y el sol hicieran su mágico trabajo. Se quedó dormida durante un buen rato, y cuando despertó, el sol había descendido bastante. En aquel momento él se despertó también y miró hacia arriba. Estiró los brazos y le preguntó:

—¿Nos vamos?

—Sí. Muchas gracias —le dijo sinceramente.

—¿Por qué?

—Por organizar un día tan agradable.

—Ha sido un placer. Después, si quieres, podemos salir a cenar.

Pero la idea de tener que arreglarse no la sedujo.

—¿Por qué no encargamos comida para llevar y cenamos en casa?

—De acuerdo. ¿Qué te apetece?

—¿Comida china?

—Muy bien.

Ana lo miró con cierta sorpresa.

—¿No me vas a llevar la contraria en nada?

—¿Por qué iba a hacerlo? —le preguntó, y notó que le brillaban los ojos de buen humor.

—Estás siendo muy indulgente.

—¿Y te parece mal?

Estaban disfrutando de lo que tenían al principio de su matrimonio, el afecto, la diversión, la espontaneidad... Todo lo que tenían antes de que llegaran las dudas y la inseguridad.

Eran las seis cuando dejaron el puerto. Compraron la comida por el camino y cenaron en la mesa de la terraza. Oliver los miraba expectante por si recibía algún bocado.

Después disfrutaron de la puesta de sol.

Había sido un día perfecto, y ella no quería que terminase. Al día siguiente tendría que volver al trabajo, y por la noche irían a cenar con Jace y Rebekah.

Y no debía olvidar a Celine, pensó Ana casi al borde del sueño. Aquella mujer estaba firmemente decidida a conseguir lo que quería a cualquier precio.

Capítulo nueve

EL lunes fue un día muy ajetreado, los pedidos fueron acumulándose uno tras otro, por lo que Ana y Rebekah apenas pudieron tomarse un descanso en toda la jornada. Hasta las seis no pudieron salir de la tienda y, para colmo de males, el tráfico parecía ser más lento que nunca cuando Ana se dirigía hacia Vaucluse.

Al llegar allí, vio que justo delante de ella estaba llegando Luc en su Mercedes.

—Llegas tarde —dijo él en tono reprobatorio en cuanto Ana salió del coche.

—Bueno —respondió ella con una sonrisa cautivadora—. Tú tampoco llegas muy puntual.

Le pareció ver un atisbo de sentido del humor en aquellos ojos negros, pero lo que más le sorprendió fue que se acercara a ella y, poniéndole una mano en la nuca, la acercara a su cuerpo.

—Eres una respondona.

Cuando sus labios se acercaron a los de ella, Ana se quedó inmóvil sin oponer resistencia alguna a un delicado beso que la dejó anhelante.

—¿Y eso a qué viene?

Luc le acarició los labios con la punta del dedo mientras sonreía.

—Me apetecía.

Dios, ¿tendría la menor idea de lo que la hacía sentir? Seguramente en la cama sí lo sabía, pero fuera de ella... Solo con pensar en él, el corazón de le aceleraba. Era obvio que la química sexual era increíblemente poderosa.

¿Y el amor? ¿Qué había de lo de encontrar un alma gemela a la que entregarle el corazón de manera incondicional.. y que él hiciera lo mismo? ¿Acaso era algo inalcanzable en la vida real? A lo mejor ese tipo de amor solo existía en las fantasías románticas.

Algunas veces, al calor de la pasión, había llegado a pensar que sí era posible. Pero en la oscuridad de la noche era muy sencillo creer que las caricias y los besos de un hombre significaban algo mucho más profundo de lo que realmente eran. Aunque sin palabras...

Seguramente era mejor que no dijera nada. Podía dejarla más vacía de lo que ya se sentía.

«Vamos, contrólate», se dijo Ana en silencio. Al fin y al cabo cuando se casó con él ya sabía que el amor no era parte del trato. ¿Por qué tendría que haber cambiado? Sin embargo, en lo más hondo de su corazón deseaba que así hubiera sido.

—¿En qué estás pensando?

Al oír su voz parpadeó y volvió a la realidad de inmediato.

—Estaba pensando cómo se llevarán Rebekah y Jace —respondió con tan poca convicción que no lo engañó ni por un momento.

Él le pasó el brazo por los hombros al tiempo que comenzaban a caminar hacia la puerta.

—Estoy seguro de que Jace sabrá manejarla sin problemas.

«Como haces tú conmigo».

—No creo que Rebekah estuviera de acuerdo —contestó Ana, en lugar de decir lo que realmente pensaba.

Nada más entrar a la casa, Ana fue directamente a su dormitorio, mientras Luc le daba instrucciones a Petros. Solo tenía treinta minutos para elegir lo que iba a ponerse, ducharse y arreglarse. No tenía tiempo que perder.

El ruido del agua de la ducha le impidió oír el sonido de la puerta al abrirse y solo se enteró de la presencia de Luc cuando se metió en la ducha con ella.

—¿Qué demonios haces?

Le quitó el bote de champú de las manos y, poniéndole un poco en el pelo, empezó a masajearle la cabeza.

—Mimarte.

—No necesito que me mimes —mintió mientras intentaba no dejarse llevar por el placer que le provocaba lo que él estaba haciendo. Era maravilloso notar sus manos deslizarse por su cuello y luego por sus hombros. A pesar del esfuerzo no pudo reprimir un gemido de satisfacción, que no era más que una pequeña señal del calor que estaba apoderándose de su cuerpo.

Luc le retiró el jabón de la cara mientras se aproximaba más a ella para besarla suavemente en los labios y conseguir que se rindiera en sus brazos, pidiéndole más. Su excitación también era más que evidente pero, en lugar de continuar, se apartó un poco de ella y la observó detenidamente. Su mirada se paseó lentamente por cada centímetro de su piel. Intentó imaginar al pequeño que estaba creciendo dentro de ella y sintió una increíble emoción. Era casi un milagro.

Ya se podía apreciar el cambio que habían experimentado sus pechos, pensó Luc mientras los acariciaba con deleite, deteniéndose en los pezones, que reaccionaron de inmediato. Después bajó la mano hasta el vientre de Ana y se preguntó cuándo empezaría a redondearse.

—Luc...

—Quiero mirarte —susurró él.

—No quiero que lo hagas —no estaba siendo sincera porque había algo de mágico en aquel momento. Seguramente no había nada de malo en disfrutar de aquellos instantes.

—¿Qué no haga qué?

—Vamos a llegar tarde —dijo, en un último intento de controlar la situación.

—Bueno, no importa —respondió Luc con sonrisa provocadora.

—Rebekah no me lo perdonará —mientras hablaba se le escapó un gemido al notar cómo su mano continuaba bajando por su abdomen para llegar por fin al centro de su feminidad. El simple roce de sus dedos la obligó a dejar de luchar y la perdió definitivamente... solo él tenía el poder.

La levantó con increíble facilidad e hizo que le rodeara la cintura con las piernas para así entrar en ella lentamente. Ana acercó sus labios a los de él, aceptando la voluptuosa sensación que provocaba el movimiento de su lengua dentro de la boca imitando el acto sexual.

Era él el que controlaba el ritmo de la penetración y la llevó hasta alturas inimaginables.

Solo importaba aquel momento, solo

aquel hombre y lo que estaba haciendo. Por un instante podría pensar que todo era posible, que todo era perfecto. Ya no existían ex amantes, ni fantasmas de ex mujeres que pudieran perturbar la perfección que estaban compartiendo. Sabía que después vendría la realidad, pero ahora era solo suya... en cuerpo y alma. ¿Acaso estaba mal quererlo todo? No deseaba solo su cuerpo, también quería poseer su corazón.

Al mismo tiempo se decía que debía estar satisfecha con lo que ya había conseguido: era su mujer y estaba esperando un hijo suyo. Lo malo era que Celine no se detendría ante nada con tal de causarle problemas.

También estaba Emma. Lo cierto era que no la molestaba lo más mínimo que la recordara, y era algo que no podía negarle.

Eran casi las ocho cuando llegaron al restaurante. Se notaba la tensión en el ambiente, incluso antes de acercarse a la mesa.

—Hola, Ana —saludó Jace poniéndose en pie para recibirla con un cariñoso abrazo—. Estás guapísima, *pedhaki mou*. Te prometo que, si no estuvieras casada con mi primo, no dudaría en intentar conquistarte —le dijo con una sonrisa malévola—. Si se atreve a hacerte algo malo, tendrá que vérselas conmigo.

—Zalamero —respondió ella mientras tomaba asiento.

El parecido entre los dos hombres era evidente: ambos eran altos, de hombros anchos y muy atractivos. Si a eso se le añadía el poder y aura de peligro que los envolvía, se obtenía una mezcla explosiva. No sabía cuántos años de diferencia había entre ellos, pero no podían ser muchos.

—Sabías que no quería quedarme a solas con él —murmuró Rebekah mientras ellos hablaban de los vinos de la carta.

—Estoy segura de que no ha sido tan horrible —por la sonrisa de Jace, no era difícil suponer que se habían quedado cautivados el uno con el otro.

—Bueno, dime cómo va el negocio de las flores — dijo Jace, una vez que hubieron pedido la cena.

—La verdad es que yo he estado fuera un par de semanas —respondió Ana sin darle demasiada importancia—. Así que Rebekah te informará mejor que yo.

—No creo que Jace esté realmente interesado —respondió ella inmediatamente.

—Me interesa todo lo que tú hagas.

A eso se le llamaba andarse sin rodeos.

—¿En serio? —parecía que a Rebekah no le importaba lo más mínimo, pero Ana conocía perfectamente a su hermana y sabía que no era así. ¿Sería Jace capaz de ver más allá del muro defensivo que había levantado a su alrededor?—. ¿De verdad quieres que te cuente que el día de una florista comienza a las cuatro de la mañana para ir a los mercados de flores? Porque si llega uno después de las cinco, ya no queda nada de buena calidad. Estas son nuestras herramientas —continuó mostrándole las manos—. Estas pobres se pasan el día en agua; reciben cortes, arañazos... Los guantes no son una solución porque es imposible trabajar con ellos, y no hay ninguna crema que pueda devolverle la suavidad a la piel —hizo un gesto de cinismo antes de añadir—: ¿Quieres que siga?

—Te has dejado lo de pasarse todo el día de pie y lo difícil que es tratar con algunos clientes; o los problemas con los envíos que no llegan o van a la dirección equivocada —Jace intentó provocarla, pero Rebekah se quedó callada.

La comida estaba deliciosa y los cuatro la disfrutaron mucho.

—¿Cuánto tiempo tienes pensado quedarte en Sidney? —le preguntó Ana a Jace, cuya residencia habitual se encontraba en la zona más exclusiva de Nueva York.

—Lo que tarde en cerrar algunos negocios inmobiliarios. ¿No te ha dicho Luc que tengo la intención de llevármelo a Melbourne pasado mañana?

—No.

Jace sonrió con malicia.

—¿Podrás estar sin él una par de noches?

—Sin ningún problema.

Luc le agarró la mano y se la llevó a los labios.

—Se supone que deberías haber dicho que no.

La manera cálida en que la miró a los ojos hizo que se le acelerara el pulso.

—¿Ah, sí?

Jace se echó a reír mientras levantaba la copa hacia Ana.

—Por ti. No conozco a ninguna mujer capaz de dejar callado a Luc.

—Mi esposa disfruta hiriendo mi orgullo.

—Considérate afortunado, primo.

Ana decidió que era el momento de llevar la conversación hacia un terreno menos peligroso.

—¿Por qué no vamos a cenar y al cine mientras Luc está fuera? —le sugirió a su hermana.

—¿El miércoles?

—Estupendo.

—¿Puedo opinar? —intervino él con suavidad.

—Ni hablar.

—Le puedes decir a Petros que os lleve.

—Qué tontería.

—Me puedo quedar en vuestra casa a dormir —propuso Rebekah.

—Mucho mejor —dijo Luc—. Pero de todas formas Petros os llevará.

—Recuérdame que te pegue cuando lleguemos a casa —Ana hizo que la amenaza sonara cómica, pero no había nada de divertido en la mirada que le lanzó a su marido.

—Será un placer.

Era imposible ganarle, ¿para qué intentarlo siquiera? Al menos la presencia de Rebekah y Jace hacía la velada más agradable.

Salieron del restaurante hacia las diez de la noche y se dirigieron a casa. Fue un trayecto tranquilo y sin tráfico.

—¿A qué hora saldréis para Melbourne?

—¿Tantas ganas tienes de librarte de mí, *pedhi mou*?

—¿Quieres que te responda?

Entraron en casa los dos juntos, pero Ana se fue directamente a la cama mientras que Luc se quedó en el piso de abajo poniendo la alarma. Cuando entró en el dormitorio, ella estaba a punto de quedarse dormida, pero no protestó cuando se metió en la cama y se acurrucó junto a su cuerpo.

Sus labios rozaron con suavidad la nuca de Ana y fueron desplazándose hasta el lóbulo de la oreja.

Le encantaba sentirlo cerca, sus músculos,

toda su masculinidad. Él la hacía sentirse viva como ningún otro hombre lo había hecho jamás, también lograba que la sangre le corriera por las venas de manera diferente, que todas la células de su cuerpo despertaran ante sus estímulos.

El sexo fue espectacular, como siempre. Después se permitió disfrutar de la euforia y la explosión de sensualidad que aquel hombre provocaba en ella. El mismo hombre que le había conquistado el cuerpo y el corazón.

Ana alzó la mirada cuando oyó el sonido de la campanita, y se le curvaron los labios en una sonrisa cariñosa.

—Jace —se levantó del ordenador y fue hacia él—. ¡Qué agradable es verte!

Él le dio un beso en la mejilla.

—Igualmente, Ana.

—¿Es una visita de negocios o de placer?

Los ojos le brillaron de buen humor.

—Podríamos decir que ambas cosas.

—Rebekah ha salido unos minutos.

—Entonces esperaré.

—Ya lo sabía.

—¿Es que soy tan transparente?

Ana inclinó la cabeza, fingiendo que reflexionaba sobre ello.

—Eres un Dimitriades. La transparencia

no es uno de vuestros rasgos característicos —entonces se puso seria—. Ten cuidado con mi hermana.

La diversión que se reflejaba en la cara de Jace desapareció.

—¿O si no, lucharás conmigo?

—Cuenta con ello.

—Me considero seriamente advertido.

—¿No vas a explicarme cuáles son tus intenciones?

—No.

—Demonios.

Él la miró a los ojos.

—Ana, entiendo muy bien por qué mi primo te puso el anillo en el dedo.

—¿Por qué crees tú?

—Para ponerte fuera del alcance de los demás hombres.

—Podría preocuparse de recordar que yo también le puse un anillo en el dedo.

Su mirada se hizo más intensa.

—¿Problemas, Ana?

El teléfono sonó y los interrumpió, afortunadamente. Tomó nota del encargo y de los datos de la tarjeta de crédito, y después atendió a un cliente que entró en la tienda.

Cuando Rebekah volvió, hubo otra llamada de teléfono y Ana la atendió también, consciente de que el primo de Luc estaba empeñado en comprar rosas. Como mínimo dos docenas, contó mentalmente mientras su hermana las reunía. Después extendió cuidadosamente el papel celofán y colocó cuidadosamente los capullos.

Justo cuando Ana colgó, otro cliente entró en la tienda. Ella le preparó un ramo y le cobró.

Jace y Rebekah terminaron la conversación y Ana lo despidió con una sonrisa mientras él se marchaba.

—¡Qué hombre! —soltó Rebekah, acercándose al mostrador.

—¿Qué pasa?

—No entiende la palabra «no».

—¿De verdad?

—¿Sabes lo que acaba de hacer? Ha comprado tres docenas de rosas, las ha pagado, ha escrito una tarjeta y me las ha regalado.

—Es un pecado imperdonable —declaró Ana burlándose. Rebekah la miró enfadada—. ¿Qué dice la tarjeta?

—«Cena esta noche, a las siete».

—Y naturalmente, no vas a ir.

—Por supuesto que no.

—Dirás que estás ocupada cuando te llame.

—Acertaste.

Ana empezó a confeccionar un ramo para un pedido.

—Quizá debieras salir a cenar con él...

—¿Estás loca?

—Y decirle exactamente lo que piensas —continuó, haciendo caso omiso de la interrupción de su hermana.

—Si no supiera que te importo —replicó su hermana con cinismo—, pensaría que quieres que salga con él.

—No todos los hombres son como Brad.

—Sí, claro. Bueno, pues perdóname, pero no me apetece meterme otra vez en todo ese tinglado para comprobarlo.

—Jace es...

—¿Agradable? Vamos, cariño. La mayoría de los hombres parecen civilizados, al principio. Pero si no te comportas exactamente como ellos esperan son capaces de insultarte y convertirse en monstruos —tomó aire profundamente y después espiró—. Y yo nunca he sido de las que se acuestan con cualquiera para curar una vieja herida.

—¿Y encerrarte en un capullo de seda para protegerte te parece la solución?

—Sí.

Era una respuesta obstinada, la que Ana esperaba, y decidió terminar con aquella conversación.

—Muy bien.

Rebekah le lanzó una mirada de sorpresa.

—¿Ya? ¿Nada más?

—No.

—Ahora me estás enfadando.

—Si quieres pelearte con alguien, búscate a otra persona.

—¿Como Jace? ¿Durante la cena?

Ana disimuló un gesto de sufrimiento cuando vio cómo su hermana sacaba las rosas del envoltorio de celofán.

—Los capullos no tienen la culpa.

—No, pero los voy a poner a la venta otra vez.

—Jace los ha pagado con muy buena intención.

—¿Y qué? ¿Los dejo donde están?

—Llévatelos a casa.

—Ni hablar. Llévatelos tú.

—Te los ha regalado a ti.

—Los voy a poner a la venta otra vez.

Ana hizo una pausa, y le dijo con delicadeza:

—Rebekah, no permitas que un error en el pasado te impida ser feliz en el futuro.

—¿Con Jace Dimitriades? ¿Estás loca?

—Con Jace o con cualquier otro hombre.

Rebekah abrió la boca pero no dijo nada.

—Sabiendo lo que pasé con Brad, durante y después del matrimonio, ¿me estás sugiriendo que me meta en aguas peligrosas llenas de tiburones otra vez?

—Los tiburones muerden.

—¿Y no crees que Jace lo hará también?

—Si lo hace, estoy segura de que tú le devolverás el mordisco.

Rebekah levantó las manos y miró al cielo con incredulidad antes de estallar en carcajadas.

—Me rindo.

—Además —continuó Ana—, si lo muerdes, puede que te guste el sabor.

—Sí. Cuando las vacas vuelen.

Más tarde, a las dos, Ana respondió una llamada de Luc en el móvil.

—¿Te apetece ir al estreno de una película esta noche?

—¿Es una gala o una película en un cine tranquilo?

—Fox Studios.

Una gala, definitivamente.

—Se me había olvidado por completo, hasta que Carolina me lo ha recordado esta mañana —la más que eficiente secretaria de Luc cumplía su trabajo a la perfección.

—¿A qué hora tenemos que salir de casa?

—A las siete. Petros tendrá la cena lista a las seis. Intenta no llegar tarde.

Por una vez, consiguió marcharse de la tienda a tiempo, principalmente porque Rebekah le metió prisa y por la ayuda de la nueva ayudante que habían contratado.

Después de cenar, se duchó y eligió un

maravilloso vestido azul y verde que acentuaba el color de sus ojos y su pelo rubio.

—¿Sobre qué es la película, y quiénes son los actores? —le preguntó Ana a Luc de camino al cine.

—La protagonista es una actriz anglo-australiana, y el productor también.

Ella había oído hablar de la película en la televisión. El estreno iba a ser todo un acontecimiento social.

La presencia de Celine estaba garantizada. La única cosa que Ana podía esperar era que los hubieran sentado muy lejos.

Las relaciones sociales eran todo un arte, reflexionó ella cuando oyó a Luc llamar a cada persona que los saludaba por su nombre.

—Tienes una memoria privilegiada.

—Es la cortesía más elemental —le lanzó una mirada penetrante y se dio cuenta de que movía los dedos nerviosamente sobre el bolso—. Te prometo que no se acercará a ti —tenía la voz ligeramente ronca aunque calmada, y Ana lo miró asombrada.

—¿Te vas a quedar pegado a mí toda la noche?

—Como el pegamento.

—Esto se pone interesante.

Entrelazaron los dedos, y él le presionó la mano con suavidad.

—Por supuesto.

—¿Unidos venceremos?

Él se puso serio y su expresión dejó traslucir la determinación más absoluta.

—Sí.

Así que su meta era transmitir que su matrimonio marchaba a la perfección. Eso era lo que quería que los demás pensaran.

Durante toda la noche, sus ligeras caricias y el roce de sus dedos para darle confianza mientras conversaban con otros invitados la hicieron desear que todo aquello fuera real. Su cuerpo se sentía vivo con aquellas sensaciones. Casi podía sentir la sangre correr por sus venas.

¿Cómo era posible sentir hasta aquel punto que eran las dos mitades de un todo? ¿Que aquel hombre era su alma gemela y que ningún otro podría ocupar su lugar?

Amor incondicional y eterno. Un regalo inapreciable. Si fuera recíproco, sería como tener el cielo en la tierra.

De repente, notó el ligero roce de los labios de Luc sobre los suyos, y fue incapaz de reprimir la emoción que le nació en lo más profundo mientras fijaba sus ojos en los de él.

Durante un minuto, se sintió totalmente vulnerable, y se mordió el labio inferior para impedir que le temblara.

¿Había visto él lo que estaba intentando esconder desesperadamente?

La voz emergió de su garganta en un susurro.

—¿Por qué?

—Porque sí.

No era consciente de que hubiera nadie más en la sala. Solo podía pensar en él. Veía toda su fuerza, su honradez... y algo más. Se preguntó si estaba imaginándose todas aquellas cualidades bajo toda la sensualidad evidente que desprendía.

Rápidamente, intentó desviar su pensamiento hacia otra parte. Tenía que convencerse de que él solo estaba representando un papel.

Empezó a mirar a un lado y a otro, y de repente notó que alguien tenía la mirada clavada en ella.

Celine.

Le estaba lanzando puñales envenenados. Odio puro y duro.

Dios Santo, ¿cómo podía alguien estar tan lleno de maldad? ¿Cómo podía una persona estar tan obsesionada que todo la condujera hacia la destrucción?

Ana sintió un escalofrío de aprensión a lo largo de su espina dorsal. ¿Era una premonición? ¿De qué, y cuándo?

Celine avanzó hacia ellos para saludarlos

con amabilidad, disimulando a la perfección sus intenciones. Al fin y al cabo, en aquel estreno estaban presentes muchas personas importantes de la sociedad.

—Ana y Luc. Qué agradable veros aquí.

Ana le devolvió el saludo y comenzó a hablar con una conocida recaudadora de fondos para obras de caridad, que la invitó a la fiesta que se celebraría el mes siguiente.

—¿Qué tal estás, Ana?

¿Era una pregunta amable, o aquella mujer se había enterado de su embarazo? Las noticias volaban en el mundo de la *jet.*

—Muy bien, gracias.

El anuncio de que las estrellas invitadas al estreno y los protagonistas ya habían llegado y de que la película empezaría en pocos minutos la salvó de más conversación.

Se produjo el ritual de la alfombra roja, los flashes de los fotógrafos, la seguridad... Todo era parte del espectáculo de la noche.

La película era realmente buena, y los actores destacaban con unas interpretaciones muy acertadas. Ana se sintió aliviada cuando, al sentarse, confirmó que Celine no estaba a su lado, sino tres filas de butacas más adelante.

Cuando terminó el film, todo el mundo aplaudió durante varios minutos, y después se levantaron de sus sitios charlando animadamente. Se sirvió té, café y champán. Ana se preguntaba si aquel sería el momento que elegiría su enemiga para abordarlos. Celine no iba a perder una oportunidad así. Sin embargo, no había ni rastro de ella. Muy extraño.

—¿Nos vamos? —le preguntó por fin Luc.

—Cuando quieras.

Les llevó un rato atravesar la sala, al tener que despedirse de los conocidos y de algunos amigos con los que se detuvieron a hablar unos instantes... Pero no se cruzaron con Celine. ¿Se habría marchado ya?

Mientras se dirigían a casa, Ana iba pensando sobre la cita de Rebekah y Jace. ¿Habría salido bien? Lo deseaba fervientemente. Al día siguiente tendría todos los detalles...

En unos minutos, llegaron a Vaucluse. Subieron las escaleras hasta su habitación y con un cuidado infinito él le desabrochó el colgante y lo dejó en la mesa. Después, le puso las manos sobre los hombros para hacerla girar y mirarla.

Ana no pudo resistirse a la caricia de sus labios. El movimiento dulce de su lengua le anticipaba todo lo que vendría después, e inclinó la cabeza para facilitar el preludio de la pasión.

Él levantó la cabeza para bajarle la cremallera del vestido, y dejó que cayera sobre la
alfombra en un montón de seda.

Saber que ella no llevaba sujetador le
había resultado una provocación durante
toda la noche, y el pensamiento de liberar
sus pechos suaves, sostenerlos en las manos
y acariciarlos con la boca casi lo había vuelto
loco de ansia.

¿Tenía una idea de lo bella que era? No
solo su cuerpo era bellísimo, sino también su
alma y su corazón.

Era generosa y alegre. Formaba parte de
él, y quiso demostrárselo con las manos, con
la boca, consiguiendo que dejara escapar un
quejido sensual cuando la abrazó fuertemente. Después le permitió que le liberara de la
ropa.

Ana adoraba el sabor de su piel, el sutil
aroma de su cuerpo, y el calor suave que
desprendía. Siguió con su boca el camino
que la condujo hasta su miembro viril y allí
se recreó saboreándolo.

Muy pronto, él la atrajo hacia su cara y
la besó mientras la tumbaba en la cama con
ternura. Le hizo el amor de la forma más
dulce que ella nunca había experimentado.
La pasión que compartieron fue mágica.

Después se abandonaron a la languidez
del deseo satisfecho, se acariciaron, sintieron

la suavidad de sus lenguas en los besos tiernos que se dieron...

Al día siguiente, él se iría a Melbourne. Tres días y dos noches. Lo iba a echar de menos terriblemente...

Capítulo diez

ANA se despertó tarde y descubrió que Luc ya se había ido. Intentó reprimir el sentimiento de desilusión mientras se duchaba y se preparaba para el día.

Cuando llegó a la floristería, le dijo a su hermana:

—Muy bien. Cuéntamelo todo sobre tu cena con Jace anoche —habían enviado a la dependienta a comprar los sándwiches de la comida.

Rebekah parecía dubitativa.

—No fue tal y como me lo esperaba.

—¿A qué te refieres?

—El restaurante era magnífico, la comida también —se interrumpió y se encogió de hombros—. Fue... diferente.

—¿A qué?

—Estuvimos hablando.

Ana sonrió pensativamente.

—¿Y no te esperabas eso?

—Me refiero a que intercambiamos opiniones, puntos de vista...

—¿Sobre algo en concreto, o en general?

—Sobre un día en la vida de una florista. Anécdotas.

—¿Y... nada más?

—No hubo jugueteos, ni coqueteos, ni intentos de seducción.

Le dio la impresión de que Jace iba a manejar la situación con calma. Se preguntó si él se daría cuenta de lo que había tras la fachada de su hermana, si sería capaz de traspasar el dolor y el sentimiento de traición y llegar a todo el amor que tenía para darle al hombre apropiado.

—¿Vas a quedar más veces con él?

—No creo.

«No creo» era bastante mejor que el «no» rotundo que habría contestado antes. Ana decidió no presionarla más y fijó su atención en la pantalla del ordenador.

El teléfono sonó y descolgó el auricular.

—Blooms y Bouquets, buenos días. Le atiende Ana.

—Quiero hacer un encargo, pero solo si pueden garantizarme que llegará antes de esta tarde.

Sería difícil pero lo harían. Ana tomó los detalles, comprobó dos veces la dirección y la metió en el programa del ordenador. Después tecleó los datos bancarios y concluyó:

—¿Cuál es su nombre, por favor?

—Celine Moore.

Diablos. Celine nunca había pedido un

ramo antes. La pregunta saltó en el cerebro de Ana. ¿Por qué en aquel momento?

—¿Hay algún problema?

—Espero que no —se mordió el labio y comprobó otra vez la dirección que había escrito a mano y la del ordenador para asegurarse de que no había ningún error.

—Era Celine.

Rebekah arqueó las cejas.

—¿Ha encargado flores?

—Un encargo urgente para antes del mediodía —le confirmó Ana.

—¿Crees que es una trampa?

—Me imagino que tiene algún propósito.

—Lo prepararé ahora mismo.

Tuvieron tanto trabajo que Ana comió su sándwich enfrente del ordenador e hizo caso omiso de la mirada de censura de su hermana mientras arrugaba el papel y encestaba la bola en la papelera.

—¿Te crees que has ganado? Hoy a media tarde vas a tomarte un descanso, con un buen té mientras hojeas cualquier revista tranquilamente.

Ana arrugó la nariz.

Después el ritmo fue descendiendo y el resto de la jornada transcurrió más tranquilamente.

De repente, sonó la campanilla de la puerta y Ana volvió la cabeza hacia la puerta.

Celine estaba allí muy indignada, y Rebekah dio unos pasos para intentar interceptarla en el camino hacia el mostrador. Pero ella la esquivó y fue directamente hacia Ana.

—¿Tienes algún problema, Celine?

—¿Crees que habría venido si no lo tuviera?

—¿Y de qué se trata?

La mujer se puso muy rígida y mostró toda su arrogancia.

—Encargué un ramo esta mañana y la persona a la que iba destinado no lo ha recibido. Yo dejé muy claro que era para esta mañana y pagué el dinero extra por el envío urgente.

Ana comprobó en el ordenador y en el libro de pedidos... Aquel sistema de doble comprobación nunca había fallado.

—Aquí está. Apartamento siete, número cinco de Wilson Place.

—No, no. Era el apartamento cinco, número siete de Wilson Place.

Al tomar nota de la dirección Ana lo había hecho cuidadosamente, consciente de lo fácil que habría sido intercambiar los números. Le había pedido a Celine que se los repitiera otra vez, así que, aunque no era un sistema totalmente infalible, nunca habían tenido ningún problema.

—No creo que yo haya cometido un error

—dijo Ana con calma, y vio que la ira de Celine se intensificaba.

—Tú cometiste el error, así que tú eres la responsable. He cancelado el pago a través de mi tarjeta de crédito. Averigua lo que ha pasado, Ana. No me moveré de aquí hasta que me lo expliques.

Ana llamó al repartidor y le explicó el problema, y esperó a que él comprobase el pedido. Unos segundos más tarde, le confirmó la dirección y Ana colgó.

—Han llevado el ramo a la dirección que tú me diste. Apartamento siete, número cinco de Wilson Place.

—No voy a volver a haceros otro encargo —Celine elevó la voz deliberadamente para que las otras dos clientas que había en la tienda la oyeran perfectamente—. Es la segunda vez en una semana que me hacéis una faena.

Ana tuvo que concederle que era una fantástica actriz. Controlaba a la perfección la técnica de los gestos y el lenguaje corporal.

—Como quieras, Celine.

De camino a casa, visitaría los dos apartamentos y haría una investigación, aunque solo fuera para quedarse tranquila y confirmar sus sospechas de que aquella mujer lo estaba haciendo todo a propósito.

—Y todavía no he dicho mi última palabra

—dijo Celine, y salió de la tienda. Las otras dos clientas dejaron los ramos que estaban mirando y salieron detrás.

—Es encantadora —Rebekah dejó escapar un suspiro—. Con amigas como esta, ¿quién necesita enemigas? Tenemos que hacer algo con respecto a ella.

—Tengo una idea —le dijo Ana—. Vamos a ir a comprobar el número de los apartamentos, y después podemos cenar fuera e ir al cine.

—De acuerdo.

Cuando cerraron la tienda, se dirigieron a Wilson Place, aparcaron y entraron en el edificio de apartamentos. La inquilina del apartamento número siete había recibido un ramo de flores inesperado y había creído que era una sorpresa de alguien, así que se lo había quedado y no había llamado a la floristería.

Cuando fueron al apartamento número cinco del edificio adyacente, descubrieron por el nombre del buzón que la propietaria era Celine Moore.

—Bingo.

—¿Estás pensando lo mismo que yo? —le preguntó Rebekah.

—Ha sido sabotaje.

—Creo que hay una posibilidad del... cien por cien.

—¿Y qué hacemos?

—Enfrentarnos a ella, por supuesto.

—¿Tú o yo? —le preguntó Ana mientras metía la llave en el contacto y ponía en marcha el motor del coche.

—Déjame a mí.

—Solo si vas a ser sutil.

—Y un cuerno. No se puede permitir que te hagan una jugarreta de este tipo y dejar al culpable que se quede tan tranquilo.

—Bueno. Vamos a casa a ducharnos y después a cenar algo.

Cuando llegaron a casa, Petros puso cara de sufrimiento al enterarse de su plan.

—He preparado la cena, señora Dimitriades.

—Ana —lo corrigió por la fuerza de la costumbre—. Y le dije durante el desayuno que probablemente cenaría fuera.

—Pero no llamó para confirmarlo.

—Lo siento mucho. Espero que no se haya tomado muchas molestias.

—Pollo con salsa de albaricoques y arroz, verduras al vapor y suflé de limón.

Aquello hacía que una pizza en una terraza sonara como una ordinariez. Ana se volvió hacia Rebekah y arqueó una ceja a modo de pregunta.

—¿Quieres comer aquí o salir? Tú decides.

—¿Usted ha cenado, Petros? —le preguntó Rebekah, y el mayordomo negó con la cabeza.

—Todavía no. Iba a servirles la comida a ustedes primero.

—Entonces cómase nuestra cena. Nosotras vamos a Cross a comer pizza.

—¿A King's Cross?

—Exacto.

—Es mi deber mostrarme totalmente contrario a que vayan allí. Luc no lo aprobaría.

—Luc no está aquí —le respondió Ana, arrugando la nariz.

—Lo averiguará.

—Solo si usted se lo dice.

—Es un lugar poco aconsejable.

—Somos dos, y solo vamos a comer pizza y al cine. ¿Qué puede ocurrirnos?

—Por lo menos, déjenme que las lleve.

—Las dos tenemos nuestro móvil, y le prometo que vamos a aparcar en una calle muy concurrida —le tranquilizó Ana—. Créame, a la primera señal de problemas lo llamaremos.

—Hay muchos sitios donde comer pizza. ¿Por qué Cross?

—Porque —le dijo Rebeca amablemente— tengo un amigo que trabaja allí, y hace la mejor pizza que he comido en mi vida.

Petros ya no estaba fingiendo su preocupación, y Ana casi sintió pena por él.

—No nos va a pasar nada. Lo llamaré cuando hayamos terminado y estemos de camino al cine.

—Gracias.

Cuando salían de la finca, Rebekah dijo un poco molesta:

—Cualquiera pensaría que ha adoptado el papel de padre.

—Tiene que responder ante Luc.

—Que es un hombre inmensamente rico —le lanzó a su hermana una mirada compungida—. Protector, posesivo... ¿o solo precavido?

—Está involucrado en negocios muy importantes.

—Y protege su esposa embarazada.

—Que lleva en su vientre a su heredero.

—Eso ha sido una frase muy irónica. ¿Por qué?

—No sé. Supongo que es la preocupación que tengo por Celine.

—¿Crees que todo lo hace para llamar la atención de Luc?

—Sin duda.

—Luc es guapísimo.

—Gracias —dijo con tono de sufrimiento resignado.

Rebekah se rio de la cara que había puesto y le preguntó:

—¿De verdad estás preocupada? —Ana no contestó y miró por la ventanilla—. Demonios, sí estás preocupada. ¿Es que él te ha dado algún motivo?

—En realidad, no.

—¿No confías en él?

Oh, Dios. ¿Confiaba en él completamente?

—No confío en Celine.

—No has contestado a mi pregunta.

—Salieron juntos.

—¿Y qué? Yo estuve casada con un hombre, y si lo viera otra vez, saldría corriendo.

—Eso no significa nada.

—Y un cuerno que no.

Ya habían llegado a Cross, y empezaron a buscar sitio, cosa que no era fácil de encontrar en aquel barrio.

A aquella hora de la tarde en la que empezaba a atardecer, en la calle principal había una mezcla de gente de todas las culturas, vestidas siguiendo las modas más extrañas. La pizzería estaba situada en aquella calle, y Rebekah y Ana se sentaron en una mesa al lado de la ventana, encargaron una pizza grande y observaron la escena en la calle. Los porteros de los locales de *striptease* invitaban a los viandantes a entrar. Esa era la parte visible; pero había un mundo más oscuro de traficantes de drogas y prostitución que se palpaba en el ambiente.

Les sirvieron la pizza y al primer mordisco, Ana tuvo que reconocer que era la mejor que había comido nunca.

—Y, volviendo al tema, ¿te ha dado Luc alguna razón para desconfiar de él?

Rebekah era tenaz como un terrier que no se dejaba quitar un hueso, y Ana cerró los ojos con exasperación y los abrió rápidamente.

Se encogió de hombros en un gesto de indecisión evidente.

—Hace muchos viajes de negocios por el país y por el extranjero. ¿Cómo voy a saber si en Londres, Nueva York o París ve a otras mujeres?

Rebekah la miró pensativamente.

—Pero tú le importas a Luc.

—Si no fuera por el niño...

—Oh, eso son tonterías. Piénsalo. Te dio tiempo para pensar cuando te fuiste a Gold Coast antes de traerte de vuelta a casa, y le ha hecho a Celine advertencias que ella no podrá ignorar. Sé realista, ¡ese hombre te adora! —se acercó a su hermana y le cubrió la mano con la suya—. Además, no es del tipo de los que tienen aventuras.

—Eso es fácil de decir.

Rebekah se apoyó en el respaldo de la silla.

—Voy a tener que zarandearte para sacarte esas ideas de la cabeza.

Tener una hermana así era estupendo. Ana sonrió.

—Te devolveré el favor si te ocurre algo parecido y Jace Dimitriades saca lo mejor de ti.

—No lo creo —respondió Rebekah rápidamente.

Después de la cena fueron al cine, a la sesión de las ocho, y cuando terminó la película volvieron a casa y la comentaron tomando un chocolate.

Ana tenía un mensaje en el móvil. Era de Luc; lo había recibido en el cine, pero ella no le devolvió la llamada. Si quería hablar con ella, que volviera a intentarlo.

Efectivamente, lo hizo, y el teléfono sonó cuando ya estaba en la cama.

—No has contestado a mi llamada.

—Bueno, hola también —respondió con falsa amabilidad.

—¿Te he despertado?

—No.

—Te he llamado antes a casa, y Petros me ha dicho que estabas fuera.

—Sí, comiendo pizza en Cross, y después en el cine.

Hubo un silencio al otro lado de la línea.

—Si es una broma, es muy mala.

—Rebekah tiene un amigo que trabaja en una pizzería y hace la mejor pizza del mundo.

—En Cross —su voz sonaba fría, y Ana estaba empezando a divertirse.

—Sí.

—Supongo que no se te ocurrirá volver allí.

Sonrió perversamente.

—Posiblemente.

—Acuérdate de que vuelvo a casa pasado mañana. ¿Vas a ser tan valiente entonces?

—Por supuesto. No me asustas en absoluto.

—Ten cuidado, *pedhaki mou*.

—Siempre lo tengo. Buenas noches —colgó el teléfono y lo desconectó.

Capítulo once

PELIGRO a la vista —advirtió Rebekah en voz baja. Elevó la cabeza y vio que Celine se acercaba a ella. «Ya empezamos otra vez», pensó, «la bruja de Rose Bay».

—Me imagino que te crees muy lista.

—¿Hay algún problema, Celine?

—¿Qué derecho tienes a investigar sobre tus clientes? —le brillaban los ojos de furia.

—Siempre investigamos cualquier error en los envíos —dijo Ana con calma—. Tú nos acusaste de cometer una equivocación y cancelaste el pago.

—¿Y eso te da derecho a molestar a la gente?

No había ninguna duda de que aquello se iba a convertir en algo desagradable.

—¿Molestar a la gente, Celine? Mi hermana y yo comprobamos personalmente la dirección de los dos apartamentos. La señora del apartamento siete del número cinco de Wilson Place nos confirmó que había recibido un ramo que no era para ella. Y descubrimos que el apartamento cinco del número siete es tuyo.

167

—¡Qué tontería! ¿Por qué iba yo a mandar flores a un apartamento vacío?

—¿Por qué?

Celine estaba rabiosa.

—¿Me estás acusando de jugar sucio?

Ana ya había tenido suficiente.

—Tú lo has dicho, Celine, no yo.

Lo que ocurrió acto seguido fue tan repentino e inesperado, que Ana no tuvo tiempo de reaccionar. Con un rápido movimiento, Celine le dio un golpe a un jarrón muy grande que había sobre el mostrador. Al caer le dio a Ana en un brazo y le echó toda el agua sobre la ropa; explotó en mil añicos contra el suelo, disparando fragmentos de cristal en todas las direcciones.

Después hizo algo aún más inconcebible. Empujó a Ana con tal fuerza que perdió el equilibrio, se resbaló en el suelo mojado y se cayó sobre los cristales.

—Miserable —le dijo Rebekah, y Ana oyó desde el suelo el sonido de la palma de su mano impactando contra la mejilla de Celine.

Al instante, su hermana se agachó con la cara muy pálida para ver si su hermana tenía alguna herida.

Ana la miró con asombro. Había cristales por todas partes y tenía una herida que le sangraba bastante en el brazo, otra en una pierna y en la mano que había puesto para intentar amortiguar el golpe.

—No te muevas —le ordenó Rebekah. Voy a llamar a una ambulancia.

Oh, Dios Santo. ¿Sería posible que perdiera al niño por aquella caída? No, no había sido una caída tan fuerte.

—Llamar a una ambulancia es una exageración; solo tengo algunos cortes que me puedo limpiar con una toalla —la sorpresa inicial había empezado a desaparecer y en su lugar había incredulidad y una pequeña conmoción.

—Entonces a Petros —Rebekah llamó rápidamente, y unos segundos después, ya le había dado el mensaje y había colgado el auricular—. Viene inmediatamente. Y ahora, vas a sentarte en una silla mientras yo intento limpiar todo esto. Pero primero voy a hacer una foto —dijo muy decidida—, para usarla como prueba.

—¿Es una broma?

—No.

Solo tardó un instante y después ayudó a su hermana a levantarse y sentarse en la silla. Ana se quedó inmóvil mientras Rebekah le quitaba los cristales de la ropa.

—¿Estás bien?

—Aparte de los cortes, sí. No ha sido un golpe fuerte.

Un poco después, todo estaba limpio y apareció Petros. Ana se dio cuenta de que había llegado a la velocidad de la luz y de que seguramente había sobrepasado el límite de velocidad. Le dirigió una mirada y se le pusieron los ojos en blanco de la ira.

—La llevaré al hospital.

—A casa, Petros. Solo tengo unos arañazos.

—Al hospital, Ana —reiteró con firmeza. La tomó en brazos sin hacer caso de sus protestas y le dijo a Rebekah por encima de su hombro:

—La llamaré en cuanto el doctor la haya examinado.

Era la primera vez, notó Ana divertida, que había usado su nombre de pila. Más tarde, tendría que echárselo en cara y mortificarlo un poco.

—Petros, no sabía que se preocupara tanto —le dijo, y vio cómo se le tensaba uno de los músculos de la mandíbula.

En el hospital, le examinaron los cortes y le dieron algunos puntos de sutura. Después fue ingresada en observación, y una tocóloga la reconoció.

—Está perfectamente, y el bebé también. No hay signos de que el feto haya sufrido ningún daño.

—Entonces, ¿puedo irme a casa?

—Mañana. La mantendremos en observación esta noche, como precaución.

¿Por qué le parecía que aquello era una conspiración?

En cuanto la doctora se marchó, llamó a su hermana. Después, se recostó contra los cojines y reflexionó sobre lo que había hecho Celine.

¿Había sido algo deliberado, o lo había hecho llevada por la furia del momento? Era difícil de determinar.

Una enfermera le llevó té y algunas revistas. Después de comer, se quedó dormida, y cuando se despertó de la siesta, se encontró a Luc sentado a su lado.

—¿Qué estás haciendo aquí?

Él se levantó y se acercó a ella. Tenía una débil sonrisa en los labios, pero también había algo en su mirada que Ana no se atrevió a definir.

—¿Te parece una buena forma de saludar a tu marido? —bajó la cabeza y la besó suavemente al principio, profundamente después, desesperado por sentir su respuesta.

¿Se imaginaría ella por lo que había pasado unas horas antes? La llamada de Petros lo había destrozado, y después había sentido una furia fría e incontenible que se había ido intensificando según preparaba su vuelta a Sidney. Se había marchado de una reunión,

171

había tomado el coche de uno de sus colegas de trabajo y se había dirigido al aeropuerto. Hizo unas cuantas llamadas desde el móvil, para pedir algunos favores que se le debían y conseguir una habitación para Ana en el mejor hospital de toda la ciudad. Después llamó a Celine.

Se enfurecía solo con recordar su coquetería enfermiza, la sorpresa seguida de consternación al escuchar las acusaciones que él estaba haciendo. Después, cuando le dejó claro que estaba decidido a entablar acciones legales contra ella, dio rienda suelta a su ira y a su rabia.

La hora de vuelo le pareció eterna, y al aterrizar le dijo a Petros que se dirigiera a toda velocidad hacia el hospital. Ya conocía el informe de la doctora, pero se sentía desesperado por confirmarlo él mismo. Quería verla.

Cuando llegó a la recepción del hospital, nadie lo detuvo y subió a toda prisa a la habitación. Empujó la puerta y solo se quedó inmóvil cuando vio su cabeza apoyada en los almohadones. Estaba ligeramente inclinada hacia un lado, y estaba durmiendo relajadamente.

Durante unos instantes, se quedó allí, observando sus rasgos en reposo. Tuvo que hacer un gran esfuerzo para no tomarla en brazos.

Lo habría hecho si no hubiera pensado que podía hacerle daño. Así que únicamente tomó una silla y se sentó a su lado.

—Hmm —murmuró Ana cuando sus labios se separaron y él continuó besándole la cara hasta llegar a la sien—. Qué agradable.

Sentía su sonrisa y el suave calor que desprendía su cuerpo. Estaba tan cerca, que podía aspirar la sutil fragancia de su colonia que se mezclaba con su esencia.

La besó en la frente y después en cada uno de los párpados, y después volvió a su boca. Ella se inclinó un poco y separó los labios para dejarle que la besara de una forma sensual y provocativa.

Después se echó un poco hacia atrás para mirarlo divertida.

—Quizá debería ser paciente de un hospital más a menudo.

—No, si yo puedo evitarlo.

Estaba fabuloso e intensamente masculino. A Ana le pareció muy importante que supiera lo que le había dicho la doctora.

—El bebé está perfectamente.

Luc le acarició suavemente la mejilla con las puntas de los dedos.

—¿Y tú, *agape mou*? —movió la mano y le tomó la barbilla, levantándosela un poco—. ¿Quieres explicarme lo que ha pasado esta mañana?

Ella lo miró directamente, sin pestañear.

—Ya ha pasado.

—Sí.

—Además, estoy segura de que Petros ya te ha dado su versión.

—Por supuesto —le acarició los labios y sintió cómo temblaba un poco—. Y también Rebekah. Te prometo que Celine no se acercará a ti nunca más.

Allí estaba ocurriendo algo profundo y lleno de significado. Pero estaba fuera del alcance de Ana, no podía entenderlo.

Estaba claro que lo preocupaba, pero, ¿sería simplemente el cariño que sentía por ella?

—Tú eres el hombre al que ella quiere —dijo Ana—, y yo estoy en su camino.

—La única que está en nuestro camino es Celine —el tono de su voz era inquietante.

Se abrió la puerta y entró una enfermera a tomarle la temperatura a Ana y apuntarla. Después, salió de la habitación para seguir con su ronda.

—¿Necesitas alguna cosa?

¿Cómo podía contestar a aquella pregunta? Levantó una mano y luego la dejó caer otra vez.

—Petros metió en la maleta algunas cosas y me las trajo —le ofreció una sonrisa encantadora—. Me llamó «Ana» por primera vez.

—Es un gran progreso —le pasó una mano por el hombro—. ¿Te duele algo?

No en el sentido físico. No importaba cuánto intentara comprender lo que había hecho Celine, todavía estaba conmocionada. Y no estaba preocupada por ella misma, sino por su hijo.

Cerró los ojos, intentando olvidar las acciones de aquella mujer, cuyo único motivo habían sido unos celos enfermizos.

—Vete a casa, Luc —le dijo en voz muy baja.

—Ni lo sueñes —le respondió, y se volvió a sentar en la silla.

La próxima vez que Ana abrió los ojos, aún estaba allí, y ella sacudió la cabeza reprendiéndolo en silencio. La enfermera hacía su ronda cada poco tiempo y, cuando les llevó la cena, había un plato extra para Luc.

—No hay ninguna necesidad de que te quedes —protestó Ana débilmente.

—Déjame, por favor, quiero estar aquí.

Aquello era demasiado para ella.

—No he oído tu móvil ni una sola vez.

—Lo he apagado.

Estuvieron viendo la televisión un rato, y Luc solo consintió en marcharse cuando hacía mucho tiempo que había terminado la hora de visitas.

Ana ignoraba que había un guardia de

seguridad de una empresa privada en el pasillo, ni que Luc había ordenado mantener el servicio de enfermería en alerta.

Todo aquello era sin duda una exageración, pero no le importaba.

Nadie jugaba con él o con alguien de su familia sin pagar por ello.

Se metió en el coche y salió del aparcamiento del hospital. Tenía que atender algunos asuntos de los que tenía que haberse ocupado antes. Mucho antes, se corrigió con amargura.

Lo primero, organizaría su agenda de trabajo para poder concederse unos días y llevarse a Ana a la casa que poseía en la playa.

Petros estaba rondando por la casa cuando Luc entró.

—¿Está bien doña Ana?

—Sí, gracias a Dios. Volverá a casa mañana.

—Un asunto muy desagradable.

Luc miró al mayordomo a los ojos.

—Ya me he ocupado de ello.

—Eso espero.

No había necesidad de más explicaciones. La influencia de Luc era de sobra conocida. Como enemigo, era temible.

Una ligera sonrisa curvó sus labios.

—Me ha dicho que la ha llamado «Ana»

—y arqueó la ceja—. Es un gran cambio en su formalidad habitual.

—No volverá a ocurrir.

—Me imagino que ella no le dejará que lo olvide.

Petros también sonrió.

—No, me parece que no.

Capítulo doce

CUANDO amaneció, al día siguiente, Ana se levantó y se dio una ducha. Después se vistió. La doctora fue a visitarla; más tarde tomó el desayuno. A las nueve, llegó Luc para llevarla a casa.

Petros salió de la casa al porche en cuanto Luc detuvo el coche en la puerta.

—Me alegro mucho de que vuelva a casa, señora...

—Ana —lo interrumpió con firmeza, con un brillo fiero en los ojos—. Si se atreve a llamarme algo diferente, no le dirigiré la palabra.

—Muy bien.

Entonces ella lo miró a la expectativa.

—Señora...

—Ana —volvió a decirle amablemente.

—Me parece que ha perdido esta batalla —declaró Luc mientras entraba en la casa.

—Eso parece.

—¿Todo en orden?

Petros inclinó la cabeza para asentir.

—Todo lo que queda es que Ana haga la maleta.

Ella se detuvo en mitad de las escaleras.

—¿Qué significa que haga una maleta?

Luc le pasó el brazo por la cintura e hizo que continuara subiendo.

—Vamos a pasar unos días a la casa de la costa.

—¿No tienes que ir a la oficina?

—El mundo no se va a parar si falto unos días.

No, no se pararía. Pero Luc era un hombre que siempre estaba pendiente de sus negocios y de su trabajo.

Llegaron a la habitación y ella dejó pasear la mirada por la habitación, reconfortada por la familiaridad. Había dos bolsas de viaje al pie de la cama, una vacía y la otra llena. El ordenador portátil de Luc estaba cerrado en una silla, al lado.

Luc la abrazó y la besó con una gran ternura. Ella alzó las dos manos hasta su nuca para hacer que el beso se hiciera más profundo. Él también movió las manos. Con una le agarró una nalga y la otra la deslizó por su pelo en una suave caricia.

Dios Santo, Ana lo necesitaba. Tenía ansia por sentirlo, disfrutar de sus caricias y de su olor, y del calor de su abrazo.

Un suave gemido le subió por la garganta cuando él empezó a besarle la mejilla y descendió por su mandíbula hasta alcanzar el lóbulo de su oreja, y después siguió por el cuello y se recreó allí antes de lamer su nuca.

Con evidente desgana, se echó hacia atrás y le dio un ligero beso en la comisura de los labios. Le latía el corazón apresuradamente, como a ella.

—Haz la bolsa, *pedhi mou*. De lo contrario no vamos a llegar nunca a la costa.

No era un gran consuelo que tuviera razón, pero sí el saber que tenían varios días para ellos solos por delante, así que se liberó de su abrazo y tomó la ropa que iba a llevarse, la metió en la maleta y siguió a Luc hasta el coche.

En menos de una hora ya estaban en la playa. La casa era un precioso edificio de dos plantas a pocos metros de la arena. En el jardín crecían palmeras al lado de la valla, que procuraban intimidad y sombra, y no impedían disfrutar de las tranquilas vistas del océano.

Petros había llamado con antelación, y había comida en la despensa, y leche y zumo en la nevera. La casa estaba limpia.

Ana cruzó el salón y se quedó al lado de la gran cristalera, cautivada por las profundas aguas del océano Pacífico, azules y sin ningún barco a la vista. Casi podía oler la sal, sentir las gotitas de agua de las olas en la piel y la caricia de la arena en la planta de los pies.

—¿Te apetece dar un paseo por la playa?

Se volvió, tomó la mano que Luc le ofrecía y salieron juntos de la casa. Anduvieron por el camino que había entre las palmeras y llegaron a la arena blanca, y después hasta la orilla del mar.

Hacía un día maravilloso, y el sol brillante calentaba suavemente. No había ni una sola nube en el cielo.

La cala estaba aislada y solitaria, y Ana tuvo el raro deseo de que no hubiera nadie más en el mundo, solo ellos dos.

Pasearon por la arena húmeda, mojándose los pies con las olas que llegaban a la orilla, y siguieron hasta un pequeño promontorio de rocas que se veía en la distancia.

Ana tenía muchas preguntas, pero no se atrevía a comenzar, y no estaba totalmente segura de que sus respuestas fueran las que ella quería oír.

Habían pasado muchas cosas durante los últimos meses, muchos errores y malentendidos, acusaciones falsas y mentiras.

Pero no se podía volver atrás, pensó con tristeza, y deshacer las cosas que uno había hecho. Solo se podía caminar hacia delante. Y algunas cosas del pasado podían afectar negativamente al futuro si no se enfrentaban a ellas y las resolvían. Solo entonces sería posible avanzar.

Una de esas cosas en el pasado más cercano era Celine.

Quizá pudiera empezar por ahí.

—¿Significó Celine algo importante para ti? —no había nada mejor que tomar al toro por los cuernos.

Luc se detuvo y se volvió para mirarla a la cara. Tenía los ojos muy oscuros, y Ana casi podía sentir la ira que ardía bajo la apariencia de control.

—No. Tuvimos una breve relación hace algunos años —le repitió calmadamente—. Ella quería que nos casáramos, y yo no. Así que la dejé y se casó con otro.

—Pero continuasteis viéndoos —replicó Ana, y vio cómo se le tensaba la mandíbula.

—Vivíamos en la misma ciudad, y nos movíamos en el mismo círculo social. Simplemente nos comportábamos de manera educada el uno con el otro.

—Hasta que se divorció.

Él deslizó las manos hasta sus hombros.

—Y después de que se divorciara —la corrigió—. ¿Por qué iba yo a querer tener algo con otra mujer, si te tengo a ti?

Algo se despertó dentro de ella y empezó a desplegarse. La esperanza. ¿Podría atreverse a tener esperanza?

—Se propuso conseguirte a toda costa.

—Me he querellado contra ella —le tomó la cara con las manos—. Va a pagar de verdad por todo lo que ha hecho. Si le queda algo de sentido común, se mudará a otra ciudad. O mejor aún, a otro país.

—Ya veo —era mejor no tenerlo como enemigo. No tenía piedad.

—¿De verdad, Ana? —tenía los ojos oscuros de la pasión y de algo más que ella no se atrevió a nombrar.

—Emma...

Él le puso el dedo índice en los labios.

—Emma fue mi juventud —le dijo dulcemente—. Sentí mucho perderla. No tanto por mí como por el poco tiempo que estuvo en este mundo. Era como el sol, alegre y sonriente, y fue mi mejor amiga. Pero ella nunca podría ser tú.

Ana sintió que se le derretían los huesos y la sorpresa se le reflejó en los ojos.

—Tú me robaste el corazón, y capturaste mi alma.

¿Le estaba diciendo que la quería?

—Luc...

Él no la dejó terminar.

—Tú eres mi vida, mi amor. Tú lo eres todo para mí.

Los ojos se le llenaron de lágrimas y parpadeó rápidamente para evitar que se le derramaran por las mejillas, pero no pudo evitar que una se escapara.

Él se la secó con la mano y le sonrió con ternura.

—¿Cómo no podías darte cuenta, *agape mou*? ¿No te dabas cuenta cada vez que hacíamos el amor y te abrazaba? ¿No lo sentías en los latidos de mi corazón y en mis caricias?

Ana estaba a punto de llorar.

—Nunca me lo dijiste.

—Voy a tener que enseñarte griego.

—Creí...

Él la agitó suavemente por los hombros.

—¿Que me había casado contigo porque era conveniente tener una esposa en mi cama y que actuara como acompañante en los eventos sociales? Si eso hubiera sido todo lo que quería, me habría vuelto a casar hacía muchos años.

Ella abrió la boca para decir algo, pero la cerró de nuevo.

—Te quiero, Ana. Te querré hasta que la muerte nos separe. Sin ti, yo no querría vivir.

No podía pronunciar una palabra. Durante todo aquel tiempo, había pensado que el cariño era la base de su matrimonio, y después de oír aquello sentía una incredulidad maravillosa.

—Celine derramó su veneno con un éxito diabólico —continuó Luc—. Y lo que es peor, preferiste creerla a ella, y nada que yo hiciera o dijera te hacía cambiar de opinión.

¿Éxito diabólico? Sí, había sido eso. Celine había sabido exactamente cómo jugar sus cartas, y casi había ganado la partida.

—Cuando te fuiste a la costa, pensé que quizá unos días fuera te ayudarían a mirar las cosas desde otra perspectiva, pero en vez de eso, todo se volvió contra mí. No puedes imaginarte el terror que tenía a perderte, y de cómo me sentí cuando supe que estabas embarazada.

—Pero usaste el chantaje emocional.

—Era la única arma que tenía.

—Querías al niño...

—Te quería a ti —se acercó aún más a ella y le alzó la barbilla—. Mi dulce Ana. Nuestro hijo es un regalo maravilloso, algo que representa la vida y la alegría. Es tuyo y mío, nuestro. Pero no te equivoques. Tú eres lo más importante de mi vida. Mi alma y mi corazón.

Ella atrajo su cara y lo besó profundamente, con pasión. Fue un beso largo que casi los dejó sin respiración.

—¿De verdad te apetece mucho pasear por la playa? —le preguntó Ana con una carcajada suave y un guiño travieso.

—¿Tienes una idea mejor?

—Podríamos charlar, y después charlar un poco más. Caminar por la arena, sentarnos, admirar la vista del océano y reflexionar sobre la inmortalidad del alma. También podríamos tener una conversación sobre cuánto tiempo más voy a trabajar.

—Ya sabes lo que pienso acerca de eso.

Los ojos de Ana eran como dos lagos de agua azul, profundos como para sumergirse en ellos. Y Luc estaba empezando a hundirse...

—Por favor —entrelazaron los dedos y Ana se los besó—. Como mínimo, por las mañanas.

—Está bien. ¿Qué demonios voy a hacer contigo?

—Quererme —dijo solemnemente—. Se te da muy bien.

—No sé que va a ser de mí si tenemos otra diablilla rubia de ojos azules... Una copia de ti, en miniatura. No tendré ninguna esperanza —dijo, acercando su rostro al de Ana.

—Te convertirás en su esclavo de por vida —le dijo con una deliciosa sonrisa.

—Sin duda —la idea de tener en brazos a su hijo lo conmovía.

—Por supuesto, también podría ser un niño —un niñito moreno, que crecería tanto como su padre. Podía imaginárselo a la perfección.

—¿Hemos terminado de hablar ya? —bromeó Luc, y le puso un brazo sobre los hombros.

—Sí. Podríamos volver a la casa...

—Supongo que es una opción —aceptó con indolencia, y oyó la risa adorable que se le escapó de los labios a su mujer.

—¿Y mimarnos? —Ana fingió que reflexionaba—. Pero si todavía no es ni siquiera la hora de comer.

—¿Tienes otra hora mejor en mente?

—Bueno, dado que estoy ligeramente incapacitada —señaló las vendas que tenía en el brazo y en la mano—, tú tendrás que hacer la mayor parte del trabajo. Quizá quieras descansar un poco primero.

—Descarada.

—Evidentemente, el calentamiento no tiene por qué ser... demasiado energético.

La carcajada profunda y grave que se le escapó a Luc espantó a una gaviota que había cerca y voló con un graznido estridente haciendo círculos ascendentes.

—Vamos a ver quién se queda antes sin energía, ¿eh? —le pasó el otro brazo bajo las rodillas y la tomó en brazos, apretándola contra su pecho.

—Bájame —dijo riéndose—. ¿Y si hay alguien mirando? ¿Qué van a pensar?

—Que somos dos personas muy enamoradas. Y tendrían razón.

—Bueno, entonces está bien —lo besó en la sien—. Pero por favor, bájame. Quiero que conserves tus fuerzas —sus miradas estaban al mismo nivel, y por un momento pareció que veían el alma del otro.

—¿Y te crees que, si te llevo a casa en brazos, me debilitaré?

—Bueno, es que no me apetece que haya la más mínima posibilidad.

Luc la dejó en el suelo con delicadeza, y volvió a pasarle el brazo por los hombros.

—Vamos a casa, amor mío. Necesito abrazarte y hacerte el amor.

—Yo también.

Aquel había sido, reflexionó Ana más tarde, cuando el sol se había ocultado en el horizonte, el día más perfecto de su vida. Luc estaba detrás suyo, rodeándole la cintura, y ella se apoyaba en él, exultante al sentir el roce de sus labios en el cuello.

—Preciosa.

Él no se refería a la vista que tenían enfrente, tras el cristal, sino a la mujer que estaba tan cerca de su corazón.

Su mujer, el amor de su vida.